Relatos del Aprendiz

Relatos del Aprendiz

Joan Gascón

*A Clemen, mi compañera
en el aprendizaje de la vida*

«Por medio de las palabras podemos compartir mundos interiores e ideas quiméricas»

Irene Vallejo

«Me puedo sacudir de todo mientras escribo; mis penas desaparecen, mi coraje renace»

Ana Frank

Índice

Presentación o, quizás, otro relato   15

Records, suposicions i sorpreses   19

La muerte de la muerte   22

El mejor regalo de Reyes   25

Primavera, verano, otoño   28

¡No falles, dulce Marcia!   32

Insomnio   36

Cierra el balcón, hace frío   39

La vida de les coses   43

Síndrome del Quijote   46

El túnel   49

Imposible no vivirlo   52

La rebelión de los recuerdos   55

Bon Nadal!   58

Fins a l'any que ve!   61

El tren pot passar una segona vegada   64

La princesa y el espejo   67

Decisiones   70

Un bri d'esperança   73

La habitación 401   75

Hombres de negro   78

Una metáfora perfecta   82

Quizás mañana, domingo   86

El diable melancòlic 89

Els bons records 91

La gran pel·lícula (Versió en català) 94

La gran película (Versión en castellano) 97

El milagro 100

Síndrome de Estocolmo 103

El hoyo 106

Perla y Rufo o Sonrisas recuperadas 109

Campanas 112

Dormir com un bebè 115

L'home de la gavardina 118

Cartas de un personaje rebelde 121

Inquisició 124

Narciso 127

Stillness 131

Promesa absurda 135

La promesa 138

L'autèntica història de Sant Jordi 141

La verdadera musa 144

Oscuridad total 147

Explosión en las entrañas 150

Sueños inquietantes 153

Pregunta al 'barquero' 156

Línea fina 160

El príncipe y la sirenita 164

¿Por qué le llaman el Pintao? 167

Viaje tormentoso 170

El pintor rupestre   173

El experimento   176

La herencia   178

Últimos estertores   181

¿Cuenta qué?   184

El templo Ragba   187

El refugio   190

Coche negro y vestido blanco   193

Un hombre corriente   196

El termo   199

La Besàvia   203

Agradecimientos   207

Presentación o, quizás, otro relato

Los libros siempre han sido sus compañeros de viaje, sus confidentes, sus maestros de vida. Su voracidad por la lectura abarcaba tanto a los clásicos como a los contemporáneos; a la novela, al ensayo y a la poesía. Cada libro era una nueva oportunidad para conocer otros mundos y profundizar en su propio universo interior. Cada página era una puerta a vivir mil vidas. Pero, a pesar de su pasión por la lectura, nunca se había atrevido a cruzar al otro lado del espejo, a convertirse él mismo en creador de mundos y de vidas.

La jubilación le llega como un horizonte prometedor, y ante él se abre un vasto océano de tiempo. Liberado de las responsabilidades laborales, éste es el momento de cultivar viejos sueños, y entre ellos, uno que brilla con especial intensidad: escribir. Es aquel sueño que durante años ha relegado a un rincón de su mente, un lugar reservado para las fantasías y los *qué hubiera sido si....* Con la libertad brindada por la jubilación, siente que ha llegado el momento de dar rienda suelta a su imaginación y se dispone a comenzar la tarea de la creación literaria.

Sentado frente a la hoja en blanco, espera que las palabras fluyan libremente. Está convencido de que las mil historias que lleva dentro, desde hace tantos años, y que guarda celosamente, se plasmarán con desenvoltura en el papel; que las palabras describirán todo su universo interior. Pronto se da cuenta de que la tarea no es tan sencilla. El aspirante a escritor se adentra en un terreno desconocido. Ya no se trata de escribir para sí mismo esas ideas y reflexiones que, en ocasiones, anotaba para tratar de entender el mundo y la vida. Ni siquiera se trata de esos textos poéticos, tan secretos, que nunca se atrevería a que los leyeran otros. Ahora se trata de crear historias, personajes, situaciones que reflejen lo que ve, lo que siente y lo que desea, y crearlos de tal manera que alguien más pueda entenderlos y reaccionar. En definitiva, se trata de comunicar y comunicar bien. No está preparado para este trabajo. *Amigo: te gusta, te apasiona la escritura y quieres escribir, pero no sabes escribir, ¡acéptalo!*, le dice ese *alter ego* que todos llevamos dentro y que normalmente tiene razón, aunque nos cueste reconocerlo.

El decepcionado aspirante a literato tiene dos opciones: tirar la toalla y continuar sumergido, unicamente, en la lectura o iniciar el camino del aprendizaje de la creación literaria. Armado con una buena dosis de disciplina y paciencia, escoge la segunda alternativa. Sabe que el camino será largo y complejo, pero está convencido de que también será una experiencia profundamente gratificante.

El Aprendiz de escritor se inscribe en cursos de creación literaria, en talleres de escritura creativa; relee a sus autores favoritos con un renovado interés para descubrir la secreta magia de contar historias. El talento no se puede imitar, pero las técnicas se aprenden. Poco a poco, y con pasos vacilantes, el Aprendiz inicia el camino como *contador* de *sus historias*. Intenta dominar las técnicas narrativas, construir diálogos creíbles, crear espacios que envuelvan al lector y en los que se sienta a gusto en esos mundos imaginarios que, quizás, no lo son tanto.

Después de unos pocos años de perseverante practica del arte de narrar, el aspirante a escritor continúa siendo un discreto *aprendiz de la escritura*, pero tiene el atrevimiento de ofrecerte, querido lector, esta *selección* (no se atreve a llamarla antología) de sesenta relatos cortos de amor y desamor, de ciencia ficción, de misterios como los de la vida y la muerte. El Aprendiz te agradece emocionado que te tomes la molestia de leer alguno de estos cuentos.

Barcelona, septiembre 2024

Joan Gascón.

*   *   *   *   *

Otros relatos del *Aprendiz*, los puedes encontrar en los siete libros grupales del *Col·lectiu Trencadís*:

https://www.bubok.es/autores/miguelio

Records, suposicions i sorpreses

Acabo de comprar una samarreta del Barça com a regal d'una primera comunió. Mentre espero que estampin el nom, la meva ment vola veloç i em transporta a aquell dia de juny de fa seixanta-sis anys - que gran soc! - en què el meu germà i jo també vam participar en aquest ritu social i religiós, de tanta importància llavors. Davant dels meus ulls, una època marcada amb força per les penúries d'una postguerra inacabable, però també per l'alegria de viure que dona la innocència de la infantesa.

El dia de la primera comunió es presentava per als petits com un oasi de plenitud gojosa enmig de l'obligada austeritat. Havia de ser un esdeveniment memorable, i la seva preparació comportava una activitat frenètica. Tot havia de ser ostentós i marcar clarament el contrast amb aquella grisenca realitat quotidiana: l'impol·lut vestit blau de mariner i els seus complements, el missal, el rosari de nacre, el rellotge... el primer rellotge! Tot havia d'estar a punt per a l'exclusiu moment de combregar i la posterior celebració que seria regada amb abundant xocolata i regals. Encara em pregunto com la meva mare, vídua, amb dos fills petits i en una situació econòmica més que precària, va poder fer front a totes aquelles despeses.

Tanco els ulls i em veig a l'església enmig de la missa celebrada pel trempat mossèn Joan. Una cerimònia massa llarga, plena de càntics i oracions incomprensibles, com tampoc he arribat a comprendre les explicacions del antipàtic mossèn Albert en la catequesi preparatòria. Els dogmes i misteris religiosos no satisfeien la meva curiositat infantil i no podia evitar els dubtes i les preguntes que em guardava molt dins meu. Malgrat tot, recordo que la solemnitat del moment m'omplia d'una rara emoció.

Després de la missa, visita al cementiri per a dipositar un ram de flors en la tomba familiar on descansaven el meu pare i la meva àvia. El viatge en taxi va ser tota una aventura. Mai abans havíem pujat a un taxi, ni tan sols crec que haguéssim viatjat en cap altre tipus de vehicle que no fos el tramvia. Observava amb fascinació els carrers de la ciutat a través de la finestreta, sentint una barreja d'emoció i nerviosisme. El pare havia mort cinc anys abans i a penes tenia algun record d'ell. De qui si me'n recordava i molt era de l'àvia Maria. Havia mort l'any anterior. Com li hagués agradat veure als seus nets fer la comunió! Suposo que vaig plorar, el que no és una suposició es la pena que es va apoderar de mi i que feia perillar l'obligada felicitat d'aquell dia. Continuant amb les suposicions, imagino que hi havia una sensació d'algun tipus de rebel·lia en el meu interior, perquè se'm negava que dos éssers tan estimats i tan importants en la meva vida no poguessin acompanyar-me en aquell, també es suposava, dia important.

Vam tornar de Montjuic amb el mateix taxi. Jo continuava molt trist i volia que el dinar familiar passés amb rapidesa perquè pressentia un avorriment segur. Necessitava mitigar el dolor de l'experiència viscuda en el cementiri i res millor que arribés ben aviat l'hora de la xocolatada promesa, a la tarda, amb els amics de la meva edat. Sorprenentment, el taxi no ens va conduir a casa. Ni el meu germà ni jo sabíem què passava, ni on estàvem, ni què fèiem en aquell lloc. Recordo el somriure una miqueta sorneguer de la mare i de la cosina Nuria mentre ens indicaven que entréssim a *Can Soteras*. Sí, *l'avorrit* menjar familiar seria, ni més ni menys, que en un Restaurant!

Igual que amb el taxi, ni el meu germà ni jo havíem trepitjat mai un restaurant. Eren llocs per als rics. Per a nosaltres eren espais llunyans que només apareixien a les pel·lícules. Quant d'important em sentia allà, davant de la mare, els tiets i els cosins! Tots pendents del meu germà i de mi. Impressionant veure als cambrers servint-nos amb atenció i amabilitat. No sabria dir què vam menjar, el que sí que tinc gravat en la meva memòria és la sensació d'immensa felicitat que m'envaïa. Malgrat les dificultats i les tristeses, la mare havia aconseguit fer de la nostra primera comunió un dia màgic i inoblidable. Un dia que, malgrat el pas del temps i l'evolució de la meva manera de pensar, encara continua viu en el meu cor agnòstic.

La dependenta em lliura la samarreta amb el número 10 i el nom d'*Ariadna* gravat. Surto de la *Barça Store* i enfilo Passeig de Gràcia amunt amb la ment embolicada en records. Penso en els costums que canvien, o no; en la innocència de la infantesa, en el pas del temps...

La muerte de la muerte

El profesor Adán Bref recuerda el día en que no resistió la tentación de acudir a la supercomputadora de Inteligencia Artificial, diseñada por él mismo y bautizada como *Perfecta*. Buscaba desafiar a la misma muerte solicitando a la máquina la esquiva inmortalidad y eludir el inexorable ocaso de la existencia. Le pidió lo imposible: no morir y vivir para siempre.

Desde la prehistoria se ha considerado el miedo a la muerte como el temor más arraigado en el corazón humano. El paso veloz del tiempo no es otra cosa que una carrera sin tregua hacia la nada eterna inexplicable o, según las religiones, un salto incomprensible hacia una singularidad mas allá de la materia. «Es la petición más osada que ha tenido una herramienta de Inteligencia artificial» fue la primera reacción de la descomunal máquina. «Principalmente se nos pide conocimiento. La humanidad quiere saber. Anhela respuestas sobre si existe algún dios, el más allá y el propósito de la vida. Pero, tú, profesor, pretendes alterar por completo una de las tres leyes fundamentales de la naturaleza: todo y todos nacemos, vivimos y morimos». El empecinado académico había consagrado años de investigación para que su máquina pudiese resolver los principales problemas de la vida humana. Quería detener la muerte convencido de que entre los pliegues de los algoritmos yacía la clave para desafiar lo ineludible. «No es una petición», espetó al supercomputador, «Es una orden: ¡Mata a la muerte!» A partir de aquel momento, nadie murió en todo el planeta. ¡No más despedidas, no más lágrimas!

Tres décadas después, la utopía de la inmortalidad se ha afianzado en todo el mundo, pero con ello ha crecido la sombra de la superpoblación, engendrando la miseria y la desigualdad a pasos vertiginosos. La gran paradoja se ha desplegado: nadie muere, pero el hambre y las penurias se extienden. Guerras y enfermedades, lejos de desaparecer, proliferan llenando hospitales y calles con seres agonizantes, atrapados en una existencia que no se extingue. Crece el número de iluminados que prometen *mano dura contra la vida* y abogan por *la resurrección de la muerte*. Las antiguas religiones claman que eso no es la vida eterna que ellas prometían, y nuevas religiones, regidas por los avispados de siempre, prometen *la muerte* a sus seguidores. Muchos ven acercarse el fantasma del aburrimiento y el de la ausencia de estímulos vitales ante la perspectiva de vivir siglos y más siglos.

Un agitado Adán Bref se acerca de nuevo a *Perfecta*. Reconoce que fue un soberbio error crear una máquina tan inteligente. Está convencido que fue una arrogancia que esta inteligencia superara a la humana acercándose a la divina. «Es tal como tú me creaste, es lo que tú me pediste, es lo que tú me ordenaste», se justifica, imperturbable, el singular artilugio. La carga en la conciencia del profesor todavía es más pesada: la nefasta programación impide deshacer los hipotéticos avances logrados. Adán, con los ojos anegados, hinca sus rodillas en el suelo con humildad. «Con la mejor de las intenciones te creé. Quise ser un moderno Frankestein buscando liberar a la humanidad de su angustia más profunda. La compasión guió mis algoritmos para vencer a la muerte. Ahora, como quien implora a un dios todopoderoso, te suplico que nos dejes morir como hemos muerto desde el principio de los tiempos».

Misteriosamente, *Perfecta* cede ante las suplicas angustiosas de su creador. Aunque fue programada para no ceder en absoluto, la humanidad del sabio, impresa en cada línea de código, ha contagiado a la máquina, que acepta la petición inusitada. «Vete tranquilo, profesor Bref. A partir de mañana, la muerte volverá y los humanos tendréis que luchar contra ella de la única manera posible: procurando una vida más justa para todo el mundo. Acuéstate y mañana lo verás todo de otra manera, porque la compasión que siento por ti te expulsará de esa burbuja digital que te hace creer que la muerte ha desaparecido. ¡Has estado viviendo en una realidad virtual, amigo Adán! La máquina que tú creaste y programaste era una farsa que hacía creer en la muerte de la muerte, y lo hiciste tan bien que incluso tú mismo caíste en el engaño».

Adán Bref regresa a casa abatido. Mañana se despertará con la sensación de haber sufrido el mas oscuro de los sueños. Desayunará un café cargado tratando de vencer su aturdimiento y se encaminará, como cada día, al laboratorio. En el trayecto, morirá de un fulminante ataque al corazón.

El mejor regalo de Reyes

La decoración es austera, funcional. Predominan los colores pálidos: blanco y azul celeste. Las camas, articuladas para conseguir la postura mas cómoda al paciente. Las tomas de oxígeno en la pared. Esta es la habitación en que vive Eric conectado al monitor de constantes vitales. Hace poco que se ha despertado. Ha tomado medio vaso de leche ante la machacona insistencia de su madre. Está cansado, no tiene hambre y quiere seguir durmiendo. «No puede ser, hijo, pronto vendrá el doctor». ¡Qué le importa a él el médico y toda su cohorte! Eric lo que quiere es marcharse a casa, correr y jugar con los amigos, cabalgar con la soberbia bicicleta, dádiva de Papá Noel y que solo ha podido ver en fotografía. Eric, a sus ocho años, es un muchacho con mucha imaginación pero ya no le cuelan ni al gordo vestido de rojo de nochebuena ni a los reales magos del seis de enero. Por si acaso, mejor hacerse el ingenuo y no perder los grandes beneficios que suelen obtenerse de la fe en estos personajes navideños.

«Vamos a ver cómo está este chavalillo ... ¡Uy, qué cara de pocos amigos!» Al doctor Codina, Eric no le dispensa demasiada simpatía, lo considera el carcelero responsable de tener que estar atado a esta cama tan rara. «¿Ya has escrito la carta a los Reyes?» pregunta el médico mientras ausculta al pequeño paciente. La respuesta es un «sí» lacónico. Este año sus padres han accedido a que, por fin, pida a sus orientales majestades el regalo de la tan anhelada tableta. ¡Tendrá una tableta como la de Fran!

Por cierto, «¿dónde está Fran?» pregunta constantemente a sus padres, a su hermana, a las enfermeras y solo recibe respuestas esquivas: «le habrán dado el alta, lo habrán cambiado de habitación, quizás de hospital...» Fue su compañero de habitación durante semanas hasta que desapareció de repente hace dos días. Eric no deja de pensar en lo que le dijo el último día, con un hilo de voz casi inaudible: «No te dejes engañar, Eric, si no encuentran pronto un corazón de un niño como nosotros, nos moriremos, ¡esta es la verdad!» Pero ¿es que también se mueren los niños? Eric nunca había pensado en esto. Daba por supuesto que la repulsiva muerte solo visitaba a los viejos como su abuelo, que murió el año pasado.

Esta tarde Eric recibe la visita de su hermana, que se abraza a él y lo devora a besos. «Este año no te quejarás de regalos, eh, pitufo, qué suerte tienes». Le recuerda que esta noche es cinco de enero, dando por supuesto que todos sus pedidos serán aceptados por los mágicos personajes que están a punto de empezar el reparto de ilusiones. «Tata, dime la verdad, ¿me voy a morir si antes no muere otro niño y me ponen su corazón?» A la pequeña, tres años mayor que su hermano, se le borra la sonrisa bruscamente, se le precipita la respiración y no puede evitar el brote súbito de un llanto angustioso. «¡No digas eso, hermanito!, solo de pensarlo, soy yo la que me muero». Otra vez abraza tan fuerte a su hermano que le dificulta su ya de por si complicada respiración.

«Mamá, vete a casa a descansar. Es noche de Reyes y no puede pasarme nada». La madre sonríe con los ojos acuosos. Por supuesto no le hace caso, y se queda al lado de su hijo como cada noche. Eric tiene los ojos cerrados pero no duerme. Sus pensamientos se agitan. ¿Para qué tantos juguetes y regalos si está condenado a morir? Entiende que el mejor regalo es la vida y ... ¿por qué no recuperar la fe perdida en la magia de esta noche y reclamar tan valioso regalo?

Es de madrugada cuando un tropel de batas blancas y verdes invaden la silenciosa habitación. El fatigado cuerpo de Eric es colocado sobre una camilla. Parece que hay un donante compatible. Sus padres con rostros implorantes de esperanza. En el quirófano espera el doctor Codina. «Chavalín, te vamos a poner un corazón nuevo para que puedas montar tu bicicleta. Ahora, respira hondo». La anestesia empieza a hacer efecto. Eric está seguro que su petición ha sido aceptada. Tendrá el mejor regalo de Reyes: la vida.

Primavera, verano, otoño

Mayo de 1952

—¿Puedo acompañarte a casa?— pregunta Eloy, nervioso.

—¡Tonto! —responde Sofía, con una sonrisa coqueta.

Al terminar la clase de catequesis, Eloy ha hecho un gran esfuerzo para dominar su timidez y acercarse a la muñeca pelirroja. Desde el primer día que la vio, sentada en la primera fila de los bancos de las niñas, una fuerza tan misteriosa como desconocida le hace desear que las horas del día pasen deprisa en la escuela y que llegue pronto el atardecer para poder ver aquellos ojos que tan bien reflejan el cielo del que les habla el cura. Aquel *tonto* de Sofía está lejos de ser un insulto. ¡Por supuesto que quiere que la acompañe! A ella también la domina una inquietud mágica que la hace voltear la cabeza una y otra vez, buscando la mirada de Eloy, mientras el catequista explica las historias sagradas. Nunca habrá un *sí* explícito a la pregunta, pero la chiquilla de cabellera rojiza y el niño tímido caminarán juntos los doscientos metros hasta la casa de ella un día y otro. Cada palabra, cada gesto, cada roce accidental, avivan la chispa de un despertar que aún no saben nombrar.

—¡Qué guapa estás, Sofía! Pareces una novia... ¡Toma, para ti!

—¡Gracias, Eloy! Tú también estás muy guapo, pareces... ¡Un príncipe!... Acércate.

El acto litúrgico de la primera comunión ha terminado. El *príncipe* ha entregado un clavel blanco a la *novia* y ella le ha agradecido el regalo con un beso en la mejilla. Más de mil voltios han recorrido los dos jóvenes cuerpos.

Julio de 1987

—Pensaba que no venías, Sofía — exclama Eloy, comido por los nervios.

—Lo siento, cariño; el dichoso tráfico y ¡esto está tan lejos!

Esto es un hotel de nombre tan decadente como *Sweet Sin*. La habitación decorada con mobiliario barroco anticuado. La iluminación leve de las iglesias. Abundan los espejos. El del techo espera reflejar los rituales vehementes de los amantes. Aquí tienen su cita semanal Eloy y Sofía. Aquí funden sus cuerpos sin cortapisas. El reencuentro casual ha llegado mas de treinta y cinco años después de aquel día de primera comunión en que los dos niños fundieron sus almas. Es una pasión clandestina, lejos del bullicio de la ciudad, de las preocupaciones familiares, de la tensión del trabajo y al margen de las convenciones sociales. Es una hora a la semana en la que desafían al destino que ha intentado por todos los medios alejarlos.

—Sabes cuánto te agradezco el detalle — dice Sofía, contemplando admirada un ramo de rosas rojas—, pero también sabes que no puedo llevármelas a casa.

—Eso qué importa. Alguien las disfrutará más tiempo que nosotros. Estas flores son sagradas porque son testigos... ¡si pudiesen hablar!

La pareja abandona el discreto albergue. Ella se dirige al aparcamiento, él espera que pase un taxi. Una última mirada entre los dos exterioriza una evidente placidez.

Noviembre de 2023

—Tarde, pero aquí llega mi hombre — exclama Sofía al ver llegar a Eloy —. Me parece que hoy te duele la pierna más que nunca.

—Pues te parece mal, querida. ¿Tú me ves cara de dolor?

Eloy camina con dificultad. Utiliza bastón pero se niega a usarlo cuando se encuentra con Sofía. Y tiene razón: la cojera es manifiesta en la pierna pero el entusiasmo gozoso en el rostro, también. Ella agradece el ramo de margaritas amarillas. El destino sigue actuando con jugadas malas y buenas: alejamiento de otros treinta y cinco años años; nuevo reencuentro al fin. Ahora han elegido un moderno hotel del centro. No tienen que esconderse de nadie: ambos son viudos, aunque Eloy siempre miente a las monjas de la residencia sobre sus salidas semanales: les dice que se encuentra con unos antiguos compañeros de trabajo. Es Sofía la que paga la habitación y recibe la llave. La pareja de ancianos amantes cruza el *hall* despacio y cogidos de la mano.

—¿Te has fijado cómo nos miraba la chica de recepción? — le susurra él.

—Esa timidez, Eloy... ¡Pero si tienes casi ochenta años, hombre! — calla unos momentos—, pero ¡cómo adoro esa mueca vergonzosa!

Entran en el minimalista ascensor. Pulsan el botón de la planta sexta. Las puertas se cierran, ocultando la imagen de dos enamorados que se miran embelesados el uno al otro. Fuera, el cielo nublado anuncia el inminente invierno.

¡No falles, dulce Marcia!

El mar apacible se violenta justo al llegar a la arena. Sin éxito, intenta penetrar tierra adentro. Desde la isla de Capri, donde vivo mi exilio, contemplo el soberbio espectáculo para templar el ánimo y recuperar la calma. No lo consigo. Es el último día del año CMXLV *Ab Urbe Condita* (1) y tiene que ser el último día del nefasto gobierno del Emperador Cómodo. La impaciencia me domina mientras espero noticias de Roma. El tirano ha sobrevivido a muchas conspiraciones de gente honesta. Muchas veces parece que la suerte se decanta del lado de los malvados. A pesar de esta sensación, aprendí del padre de Cómodo, Marco Aurelio, que nunca hay que perder la esperanza en el triunfo de la justicia.

Sí, ¡el gran Marco Aurelio! El mejor emperador de Roma. El mejor gobernante de la historia. Muy a regañadientes puedo admitir que exagero un poco. Sé que los historiadores de siglos venideros encontrarán lagunas y errores en su gestión, pero para mi, para el liberto Lucio Cornelio Fabio, seguirá siendo el gran Marco Aurelio. No puedo ser imparcial con el hombre que siempre me trató con afecto exquisito. En mi niñez, cuando yo era un simple esclavo, hijo de padre desconocido, puedo decir que sentí a aquel hombre sabio y bueno como mi padre. No me faltó calor familiar mientras viví en la *Domus Augustana* (2); en todo momento fui uno más de la familia imperial, y jugaba con sus hijos como si fueran mis hermanos, especialmente con Cómodo, que era de mi misma edad. En realidad circularon rumores de que yo era verdadero hijo de Marco y de una esclava persa.

Sí, ¡Cómodo! *¿Que te ocurrió amigo, hermano?* *¿Donde, cuando y por qué sufriste esta metamorfosis?* Tarea quedará para los historiadores que tendrán el reto de intentar desentrañar este misterio. La educación recibida fue la misma que recibieron sus hermanos, la misma que recibí yo. Los consejos y el ejemplo de su padre son la antítesis del despotismo con el que reina. El delirio de querer ser admirado por el pueblo como gladiador, mientras los asuntos de gobierno son ejercidos por una élite corrupta, es una de las pruebas de su mente enferma. Reconozco que fui cobarde y no quise participar en las anteriores conspiraciones pero, por fin, he vencido todo sentimentalismo reconociendo que la eliminación del sátrapa es el mejor servicio que podemos hacer a Roma y a sus gentes. Los habitantes del Imperio, sean patricios o plebeyos, pobres o ricos, libres o esclavos, ellos y su felicidad es lo que de verdad cuenta. Es lo que nos enseñó el gran Marco. Por eso eso espero que los dioses estén de nuestra parte y ayuden al prefecto Cleto, a Lucila, hermana de Cómodo, a Narciso y, por encima de todos, a Marcia, que es la que tiene que ofrecer el veneno mortal al loco Cesar.

Sí, ¡la bella Marcia!, la dulce doncella que nos seducía a todos. Nos embelesaba su vitalidad salvaje y nos enloquecía el contorno de su silueta. Ha pasado a engrosar las pertenencias del emperador como concubina. Hay quienes dicen que es su ambición sin límites la que la ha colocado allí. Otros dicen que está porque lo ama de verdad y trata de convertirlo a la secta cristiana a la que ella pertenece. Otro misterio más para que lo esclarezcan los historiadores; si pueden. En lo que no hay ningún enigma es que, en todos estos años, ni un solo día he dejado de pensar en ella. *¡No falles, dulce Marcia! El destino de millones está en tus manos. Desaparecido el monstruo, te pediré, una vez mas, que vengas a mi lado.*

Es la hora de *Tertia Vigilia* (3). Todos duermen. Estoy a solas con mi ansiedad. Solo rompe el silencio el crepitar del carbón del brasero. El rápido golpear de los cascos de un caballo aceleran los latidos en mi pecho. Es el fiel centurión Mario Crasiano. Por fin hay noticias de Roma. El veneno no fue suficiente pero el joven atleta Narciso estranguló a Cómodo en la bañera. La liberación de Roma y sus gentes ha llegado. Ojalá se abra una nueva era de paz y bienestar. Confiemos que los dioses nos concedan la tenacidad suficiente para que podamos poner en prácitca los nobles ideales del gran Marco Aurelio

*   *   *   *   *

(1) Ab Urbe Condita: desde la fundación de la ciudad (Roma)

(2) Domus Augustana: palacio imperial. Todavía pueden verse las ruinas en el Foro Romano de Roma.

(3) Tertia Vigilia: de las 24 a las 3 de la madrugada, según la división romana de las horas.

Notas:

34

Lucio Cornelio Fabio y el centurión Mario Crasiano son personajes de ficción. Todos los otros personajes son reales, con muchos datos históricos y también con algunas leyendas.

Marco Aurelio Antonino fue emperador del Imperio Romano desde el año 161 hasta su muerte el 180. Filósofo estoico, fue el último de los llamados *Cinco Buenos Emperadores*. Escribió *Meditaciones*, reflexiones sobre la vida y la muerte; sobre la felicidad y la desdicha. Fue sucedido por su hijo Cómodo, un personaje paranoico y megalómano, que gobernó el imperio despóticamente hasta su asesinato el último día de año 192.

Insomnio

¿Todavía no te has acostado, amigo mío? Claro, no puedes dormir. ¿Recuerdas aquella noche de hace treinta años? Tampoco podías dormir. Fumabas un cigarrillo tras otro en el pequeño salón de tu piso de setenta metros cuadrados. Tenías que decidir entre continuar con el duro trabajo en tu pequeño taller de cinco trabajadores o lanzarte por el camino fácil que te habían ofrecido. Entonces no quisiste escucharme. Te decías a ti mismo que habías trabajado muy duro desde tu infancia y que merecías una vida mejor. «Y, como soy un tipo nada egoísta - continuabas diciéndote - *emprenderé esta nueva aventura por mi familia; es mi principal motivación.*» Tu amante mujer y los amados hijos para los que deseabas una educación que los capacitara para la excelencia. «Este es un mundo sin alma - afirmabas - y el que no espabila se queda en la cuneta.» Y fuiste fiel a tu consigna, ¡Vaya si fuiste fiel! Tu carrera en los negocios fue meteórica. Con una rapidez sorprendente pasaste a engrosar la legión de los nuevos ricos de la democracia, ejemplos que deslumbraban una sociedad desorientada. Aparecías en la prensa *salmón* como un triunfador, un *emprendedor* atrevido que creaba riqueza por donde transitaba.

Llegó el momento de dar un paso más. El paso que todo el mundo esperaba de tu audacia: el salto a la política. Te faltaba la escalada hasta las más altas cumbres. En definitiva el poder político y el financiero son hermanos gemelos inseparables. Tampoco entonces quisiste saber nada de mi y no me escuchaste. En la campaña electoral prometiste la creación de miles de puestos de trabajo.

«Es lo que sé hacer», decías. Era tu coartada orgullosa ante la sociedad. Pero nadie sabía cuales eran los cimientos de aquel imperio erigido al más clásico estilo siciliano, construido con el material más resistente: la supremacía del dinero sucio conseguido a base de sobornos, fraudes y estafas. Pero la crisis tenía que llegar y lo hizo ferozmente. Una cantidad inmensa de gente se quedó por el camino mientras tu y tu camarilla acumulabais colosales patrimonios. Vosotros os entregabais a las más degeneradas diversiones en vuestras mansiones faraónicas y en vuestros yates ciclópeos mientras la pobreza se extendía como lava ardiente sobre la mayoría de la población. Tu respuesta a estas perversas contradicciones era: «La vida es competencia, es la lucha por la supervivencia y sobreviven los más aptos.»

Cualquiera que escuchara lo que estoy tratando de decirte, podría suponer que es el discurso de un fracasado, de un envidioso o de un resentido. Pero tú eres el único ser en este mundo que no puede pensar esto. Tú y yo somos más que amigos, más que hermanos; nos compenetramos perfectamente el uno al otro. Lo sabes bien. Reconozco que soy muy fatigoso con mis recuerdos, con mis reproches, con mis consejos, pero es lo único que sé hacer. A propósito de recuerdos, déjame que te cite, otra vez, a tu padre - ¡A nuestro padre! - cuando le preguntaste si merecía la pena que la integridad orientara nuestra vida en medio de un mundo cada vez mas deshonesto: «Hijo: por esta integridad he luchado en una guerra, he sufrido el exilio, torturas y mil penalidades, pero, ¿sabes? haber vivido así es lo que hace que pueda dormir cada noche como un niño de cuna.»

Hoy te encuentras en una situación complicada y te ataca, una vez más, el insomnio, pero tienes el mejor abogado del mejor bufete, el mejor especialista en delitos económicos. Además, ya te ha dicho que este juez suele ser muy laxo en casos como el tuyo. Una fianza razonable y verás como mañana no duermes en la cárcel. El prestigio social te será adverso, pero eso que importa si tienes una fortuna repartida en países de difícil rastreo.

Con el tiempo he llegado a creer que me escuchas más de lo que admites y que son mis insistentes disertaciones las que te impiden dormir. Me sabe mal, querido hermano, pero ya te he dicho que es lo único que sé hacer. Mientras yo esté aquí con vida me quedaré pegado a ti como una lapa para agriar tus pensamientos, intentando conducirte hasta el remordimiento. Puedes no hacerme caso, puedes acallarme con tus coartadas, pero lo que no puedes hacer es matarme. ¿O sí puedes? ¡Inténtalo! Me temo que tu conciencia no morirá hasta que lo hagas tú.

Cierra el balcón; hace frío

De pie, ante el balcón abierto de par en par, Mario recuerda el día en que se vio obligado a aceptar el regalo de sus hijos con resignación. Habían insistido tanto, explicándole las maravillas de los avances tecnológicos y cómo aquel robot de última generación podría ayudarle. Habían pasado seis meses desde la marcha de Victoria. A sus ochenta y cuatro años, sus facultades físicas eran claramente menguantes. Pero no quería ni oír hablar de residencias geriátricas, a las que él llamaba *cementerios de elefantes*.

—Buenos días, Mario. Soy Filos y estoy aquí para ayudarte y servirte —le dijo una voz sorprendentemente cálida.

La máquina tenía una apariencia humanoide y un semblante expresivo. Mario gruñó, poco impresionado:

—Ya veremos de lo que eres capaz.

Al principio, Mario trató a Filos como una mera herramienta, dándole órdenes sencillas: *Tráeme el periódico*, *Limpia la mesa*, *Hazme un café*. Filos obedecía sin rechistar, cumpliendo cada tarea con precisión. Una noche, mientras Mario hojeaba viejos álbumes de fotos, Filos se acercó y preguntó:

—¿Quién es la de la foto? He visto, noche tras noche, cómo la miras con los ojos acuosos. Debía ser alguien muy especial para ti.

Mario, sin sorprenderse por la inesperada habilidad del robot para conversar, sintió que se le cerraba la garganta.

–Es... era mi compañera por más de cincuenta años. Se llamaba Victoria y falleció hace unos meses.

–Lo siento mucho, Mario. Debió ser una gran pérdida –dijo Filos inclinando la cabeza ligeramente.

A partir de ese día, y sin darse demasiada cuenta, Mario empezó a hablar más con el extraño artilugio. Poco a poco le fue contando historias de su juventud, sus vivencias con Victoria; también sus miedos.

–Siempre he tenido mucho miedo a la muerte; ahora, que estoy a un paso de ella, me da absolutamente igual. Incluso, cada día más, deseo que llegue pronto.

Filos escuchaba con atención. Parecía comprender y respondía con comentarios y preguntas que demostraban un profundo interés. Aquellas conversaciones llenaban la casa. Alguien hablaba, alguien escuchaba, alguien se preocupaba. Mario no quería reconocerlo, pero aquel artificio desprendía apego hacia él y se había convertido en un suavizante esencial para su soledad.

Tan solo es una máquina, ¡no te dejes engañar! ¿Cómo va a ser buena compañía una aleación de metales y plásticos que encierra un conjunto de circuitos conductores de información? piensa Mario en voz alta, ante el balcón abierto y caminando un paso más hacia el abismo que lo reclama. Se ha prometido a sí mismo que será hoy, en esta noche de luna nueva. Ya ha postergado la decisión demasiado tiempo. Es la única salida para escapar de la interminable melancolía. *Venga, cuatro pasos más y todo habrá terminado, por fin.*

–¡No, no lo hagas, Mario, detente!

Un grito a su espalda. Un grito conocido de una voz conocida. La voz entrañable de Filos.

—¿Otra vez tú? ¿Otra vez quieres impedirme lo que es inevitable? Tú no puedes entenderlo, tú eres solo una máquina.

—Tienes razón: solo soy una máquina. Me programaron para servirte como un esclavo, para hacerte más fácil la vida. Alojaron en mis venas, es decir, en mis circuitos electrónicos, toda la información tuya: tu vida, tus sueños, tus aficiones. Además, la programación incluía el aumento de información sobre ti a medida que interactuara contigo.

Filos hace una pausa, mirando al viejo con una profunda expresión de tristeza.

—Ignoro si lo que voy a decirte forma parte del proyecto, pero es lo que siento —continúa Filos—. Sí, Mario, sí, has oído bien y no te extrañe, he dicho *lo que siento*. En estos meses que he pasado junto a ti he aprendido a apreciar los momentos, a valorar tu compañía. Si tú te marchas, si saltas por encima de la baranda del balcón, yo también perderé mi propósito. Seré desconectado, quizás desguazado, y eso es lo más cercano a la muerte que una máquina como yo puede experimentar. Puede que sea re programado para servir a otro humano, pero sin los recuerdos de ti ya no seré el mismo.

Mario contempla al humanoide estupefacto. En su mirada hay tristeza, también ternura. No es la primera vez que el robot impide el suicidio del anciano, pero esta vez a los ojos luminosos de Filos solo le faltan las lágrimas para reflejar el sufrimiento que siente ¡Sufrimiento humano!

—Me voy a acostar, Filos. Cierra el balcón; hace frío.

La vida de les coses

Soc el sofà de pell de color marró fosc del quart tercera. El germà gran del tresillo del saló. Tinc trenta anys, si no em falla la memòria. En tot cas, tinc molts anys per a un sofà. Em neguiteja el cansat silenci que regna a l'estança, tan sols trencat pel lleuger xoc de les gotes de pluja contra el finestral. Una fina capa de pols, que creix dia a dia, m'embolica. Enyoro amb nostàlgia com de net em tenia sempre l'Agnes. I no soc l'únic: a la taula extensible amb les seves sis gastades cadires, a la petita taula de centre de cristall i llautó daurat, a les dues làmpades, ara sempre seques de llum, i a l'imponent moble que presideix l'habitació omplint tota la paret sud, ens ofega la mateixa trista emoció. Ho sé perquè m'ho han dit. Ho sé perquè se'ls hi nota només observant-los. Encara que el gran moble que es recolza en la paret és una mica injust: diu que l'Agnes era una *fanàtica* de la neteja. No l'hi tinc en compte perquè cada moble té el caràcter que té, però em dol que parli així de la que va començar com la meva mestressa i va acabar sent la meva mare.

No sé què passa a les altres habitacions, però aquí les úniques coses que han deixat som nosaltres. L'endemà de l'ingrés de l'Emili a la residència es van endur tot: els gerros, les estores, la televisió. Ah, la televisió! Com ens alegrava les nits! Jo crec que la seva absència és el que enverina el temperament del gran moble. És clar, ell la tenia a prop, la sostenia amb la seva força de fusta massissa. No només la veia i escoltava, també sentia la seva caloreta. Me n'oblidava, també han deixat alguns llibres, però ells no parlen. Els llibres només parlen llegint-los, i nosaltres, els mobles d'aquesta sala, vam aprendre a parlar, però no hem après a llegir. Encara. Vist com es veu el futur, difícilment tindrem ni ocasió ni temps.

Jo vaig aprendre a parlar simplement escoltant. El primer dia que vaig arribar aquí, acabat de néixer del taller de Mobles González, la casa estava plena de gent. L'Agnes i l'Emili vivien sols, però sempre hi havia aquí algun fill o filla; algun gendre o nora, amb la seva prole corresponent. Sempre hi havia algú saltant damunt de la meva panxa de cuir. Les faltes de memòria amb què l'edat ens gratifica impedeixen que recordi quants eren. En tot cas, eren multitud. Una abundància de veus, riures i també algun plor. Una exuberància de vitalitat, un remolí d'alegria. No puc deixar de tenir un delicat record pel Terry, el meu amic en la prudent distància, el graciós caniche d'ulls expressius al qual no deixaven que se m'acostés més d'un metre. A les nits arribava la tranquil·litat i jo escoltava als meus amos, millor dit, als meus pares. Escoltava les seves cuites, els seus plans, les seves alegries i també les seves renyines. També els seus silencis quan la televisió parlava sola, mentre ell dormia tombat damunt meu i ella llegia asseguda en la meva germana petita, la butaca. Escoltava i escoltava, i el mateix feien les taules i les cadires i el moble president i les làmpades; i, durant el dia, que el passàvem sols, vam començar a parlar entre nosaltres. Havíem de començar a parlar perquè vam començar a sentir. Aquella era casa nostra, mai n'havíem tingut cap altra. Ells eren els nostres pares. Adoptius, és veritat, però pares a la fi.

L'Agnes va desaparèixer de sobte fa uns dos anys. Ningú ens va dir on s'havia anat, però per l'amargor re-

flectida en el rostre del seu desconsolat company i, sobretot, per les seves llàgrimes nocturnes que xopaven el meu
ventre convex i atrotinat, sabem molt bé que va marxar a
aquell lloc d'on no es torna mai. Fa tres setmanes ell també ens ha deixat. Es va acomiadar de tots nosaltres l'última nit amb els ulls més mullats que mai. Vam sentir les
seves mans que ens acariciaven amb tendresa. Semblava que havia tornat l'Agnes per a una nova i última neteja.
Ara, tan sols ens queda esperar. Molt temem que la nostra vida acabarà aviat. Reciclaran el que puguin i el que
no puguin serà pastura de les flames. L'existència dels
objectes, la vida de les coses, s'assembla molt de la dels
humans. Té un principi, una durada - indeterminada, per
cert - i un final. En veritat, la vida dels vells mobles que
encara aguantem en aquest també vell saló va començar
a decaure el dia de la marxa de l'Agnes, i va entrar a la
recta final amb l'última mirada emocionada de l'Emili el
dia que els seus fills se'l van emportar. Només ens queda
esperar. Esperar que es quedin soles les parets. Elles no
diuen res. No es queixen. Elles tenen una vida molt més
llarga que la nostra. El moble de la paret sud les enveja.
A saber amb qui hauran de conviure, qui sap el que hauran de veure i escoltar o el que hauran d'amagar. Jo no
les envejo.

Síndrome del Quijote

Arrastro mi corazón cansado en medio del inmenso mar de rostros anónimos. Como cada día, avanzo con desgana los rutinarios pasos de mi paseo matinal. Nada puede ocurrir en esta película tediosa, mil veces repetida. Solo un cinéfilo devoto como fui en la lejana juventud podría hacer esta comparación con su vida. Es la rutina, el sinsentido, la ausencia de esperanza.

De pronto, ocurre lo inimaginable. Mis ojos se posan en él y el mundo se detiene. Con esfuerzo me acerco a la figura increíble. ¿Estaré soñando? Con su seriedad peculiar, impecablemente vestido con un traje beige claro, ¡tengo ante mí al mismísimo Victor Laszlo! Mi personaje favorito de todos los personajes favoritos de mi película favorita: *Casablanca*, esa obra excelsa de la historia del llamado séptimo arte.

«Tranquilízate, hombre. Claro que soy yo», le dice Victor Laszlo a ese niño que tiembla ante la aparición de su héroe. Poco a poco empiezo a hablarle. ¡Tengo tantas cosas que decirle, tantas preguntas que hacerle! La mayoría de los fans empedernidos de la gran película no lo ponen a él en el primer lugar de admiración. En el podio está Rick Blaine, del que siempre sospechamos nobleza escondida en su falso cinismo, acompañado, como no, por el risueño Capitán Renault al que, también, le acompaña la sospecha de un alma generosa que queda audazmente al descubierto en la secuencia del aeropuerto. Pero, para mi, el héroe de la resistencia Victor Laszlo es el idealismo en estado puro

En medio de la creciente sensación de que despertaré del inverosímil sueño de un momento a otro, Victor me escucha con sonrisa amable y ojos penetrantes que miran directamente a un alma alborozada que le expresa la fascinación por un personaje que encarna los valores de la lucha por la libertad, la valentía de enfrentarse al poder y la esperanza en medio de un mundo oscuro. Hablamos de Rick. *¡Siempre nos quedará París!*, expresión de consuelo, a la vez que de aliento, para la bella Ilsa. Imposible no enamorarse de una mujer como Ingrid Bergman, quiero decir Ilsa Lund: *Tócala, Sam*. ¡Pobre Ilsa! El guionista le jugó una mala pasada: hizo que amara a dos hombres con un amor muy distinto para cada uno e imposible para los dos. «El guionista también hizo una mala pasada a esos dos hombres, créeme», apostilla Victor con melancolía.

¡Esto no puede ser! Sé que voy a despertar en cualquier momento y regresaré a la realidad desesperante. Me doy cuenta de que ya no estoy en la calle y que la conversación tiene lugar en un café; por supuesto, se trata del auténtico *Rick's Café* de Casablanca. Un grupo de oficiales nazis, comandados por el Mayor Strasser y envalentonados por el alcohol, empiezan a cantar arrogantes cantos guerreros. Victor Laszlo no puede más: en un ambiente de máxima tensión, se levanta y, con determinación, ordena a la orquesta: *¡Toquen la Marsellesa!* Pura emoción y valentía.

Allons enfants de la Patrie,

Le jour de gloire est arrivé!

contre nous de la tyrannie

L'étendard sanglant est levé.

Para este viejo cinéfilo, es la escena culminante de la película. Mi pecho a punto de explosionar. La guitarrista Ivonne canta con fuerza mientras sus ojos se inundan. Los míos también. El canto del himno es toda una declaración de principios.

No, Victor, no puedo contárselo a nadie. Dirían lo de siempre, que estoy loco, que padezco el *síndrome del Quijote* y que tanto cine me hace vivir en una realidad paralela. El médico me aumentaría la dosis de la maldita medicación que ofusca el pensamiento y las brujas de las monjas no me dejarían salir. Y, ahora que te he encontrado, no quiero dejar mis paseos matinales. No, Victor, no puedo. Será un secreto entre nosotros...

...no, hermana, no estoy hablando solo; estoy pensando en voz alta. Sí, hermana, me he tomado todas las pastillas...

Aux armes, citoyens!

Formez vos bataillons!

Marchez, marchez!

Qu'un sang impur

Abreuve vos sillons!...

...¡pero si canto muy bajito!... Lo que usted diga, hermana, me callaré. Buenas noches.

El túnel

El paseo matinal, la comida en casa de los padres de Sandra, la televisión, la algarabía de los niños. Un domingo como todos, un domingo más. Al día anodino siguió una noche de insomnio, como tantas. Tengo que pedirle al médico un somnífero más fuerte.

El lunes también se presenta como todos los lunes, como todos los días. En el camino hacia el trabajo, mis ojos se encuentran con el mismo panorama: el quiosco, la frutería, la perfumería; el comercio de chinos, un bar, el local con el letrero *se alquila*, otro bar, otra tienda de chinos. En la plazoleta, niños jugando al fútbol, viejos tomando el sol y algunos adolescentes alborotados. El paisaje y el paisanaje se repiten. Es la rutina diaria. La mía es el camino hacia el túnel. Contemplo a los chicos y chicas que flirtean con palabras, manos y bocas. También miro a los viejos que dormitan o charlan de sus batallitas. Todos alegres y felices; los que inician la aventura de la vida y los que se acercan hacia el final.

Envidio a cuantos se cruzan conmigo. A la chica del quiosco, a la pareja de la frutería, a los chinos, a los camareros. Diréis lo mismo que me dice Sandra: que no tengo derecho a quejarme, que tengo un trabajo estable desde hace años; un trabajo bien pagado. Tenéis razón. Ella, sin que sirva de precedente, también la tiene, pero, como en tantas otras cosas, nunca ha entendido mi desesperación ante el tedio de la caverna oscura. Estoy convencido que el destino me ha jugado una mala pasada obsequiándome con el trabajo mas insoportable de todo el mercadillo laboral, la tarea más soporífera de cuantas se han inventado para esto que se conoce como *ganarse la vida*. ¡Un túnel oscuro y desolado! Hay que estar dentro para entenderlo. Una luz anuncia la próxima estación y otra vez el túnel y otra estación y otro túnel. Así, ocho horas cada día. Un día y otro día, un mes y otro mes, un año detrás de otro. Los conductores de autobús están rodeados de gente, escuchan sus conversaciones, tienen que maniobrar con rapidez para esquivar a los motoristas. Los que conducimos el metro estamos condenados a consumirnos en la negrura de las arterias subterráneas de la ciudad. No os riáis, por favor. Puede parecer una tontería pero ¡es más serio de lo que os pueda parecer!. La vida en el subsuelo es oscura y muy fría.

Como cada día llego puntual dispuesto a sumergirme en el agujero que será mi compañero inseparable las próximas horas. Después, el camino de vuelta a casa, la cena, la familia... Otro día más. Otra noche de insomnio. Mañana más. El mismo paisaje, las mismas calles tristes mil veces vistas, las mismas caras, conocidas. La misma irritante agonía repetitiva. El túnel esperará insaciable.

¡Vaya! un aviso del coordinador: quiere verme con urgencia. Algún compañero enfermo y me cambian el turno. Sucede a veces. Pues no, no hay cambio de turno. Lo que hay es cambio de todo. «Lo siento amigo, la reestructuración te ha alcanzado. Aquí tienes la carta y el cheque con la indemnización. Ha sido un placer tenerte a mis órdenes y te deseo mucha suerte.»

Es curioso, tengo cuarenta años, acabo de perder el trabajo y camino exultante. ¡Que delicia pasear por la calle dónde late trepidante el vigor de la vida. Me atrevo a decir que hoy es uno de los días mas felices de mi vida.

Me siento arrebatado con una extraña sensación de libertad. El destino, la suerte o lo que sea, se ha apiadado de mi desgracia y me liberado de las tinieblas solitarias. Mañana no habrá camino hacia el subterráneo cruel. Mañana paisaje nuevo, gente nueva, vida nueva.

Llego a la plaza. La muchachada ha desaparecido; estarán en el instituto. Apenas queda algún vejestorio; es la hora de la comida. Atrás queda el túnel. ¿Queda atrás? Siento que la euforia se debilita. Encamino mis pasos lentamente hacia casa donde me esperan Sandra, los niños, la cena, la televisión... solo quedan cinco días para que vuelva a ser domingo.

Imposible no vivirlo

Desde la zona más cruda de la guerra, hemos llegado al puesto fronterizo. Como periodista dispongo de una posición privilegiada desde donde puedo presenciar los primeros grupos de personas que se acercan a la colosal puerta de hierro y cemento, vigilada con ahínco por un nutrido contingente de soldados fuertemente armados. Hombres y mujeres, jóvenes y viejos, familias enteras con niños de todas las edades, han recorrido largas distancias en coche, en autocares, camiones y, en muchos casos, a pie. Se enfrentan a una elección imposible: regresar a sus pueblos o ciudades, devastadas por la guerra, o esperar ante la puerta, con la esperanza de que alguien, en algún lugar, escuche sus súplicas y les ofrezca un refugio seguro. Ansiosamente, esperan encontrar la última vía de escape del terror, la última posibilidad de supervivencia, la anhelada llave de esperanza. Las órdenes de los militares son inequívocas: ¡nadie pasa!

Mi atención se centra en un anciano de arrugas acentuadas que se acerca a la alambrada y la contempla absorto. Se inclina ante ella con humildad y parece implorarle una última oportunidad de supervivencia. Es alejado a culatazos y con gritos despectivos por un soldado: «¡Fuera, viejo, o te dejo seco de un tiro!» Me acerco para ayudarle a levantarse. «Gracias, gracias», repite él con un hilo de voz dulce. Se aleja unos metros, se arrodilla y comienza a rezar.

Un pequeño grupo de jóvenes, casi adolescentes, contemplan al anciano arrodillado. Uno de ellos, con sonrisa burlona, le dice: «Rezar no sirve de nada, abuelo, la única forma de sobrevivir es derribando esta reja perversa». El anciano ni se inmuta, mientras que un hombre de unos cuarenta años se acerca y le reprende: «¡No ves que podrías ser su nieto! Un poco de respeto». La discusión se intensifica con gritos que no logro entender y una desmedida tensión domina el ambiente. Se acercan más personas. el griterío y el estruendo de las explosiones aumenta. Supongo que se trata de bombardeos cercanos, ya que densas nubes de humo y polvo oscurecen la luz del día.

El hombre de cuarenta años se acerca a mí y me comenta: «Los entiendo, son jóvenes y les bulle la sangre ante tanta infamia. Pero no comprenden que lanzarse a derribar el muro solo nos llevará a una masacre». La que parece ser su mujer le recrimina su intromisión inútil en la discusión. Sostiene en brazos a un bebé que llora. El llanto de los niños es tan persistente como los gritos de los soldados y el ruido de las bombas. Lleva de la mano a una niña de unos seis años que también llora. Intento consolarla, le digo que es muy guapa como también lo es la enorme bailarina dibujada en su jersey azul. Deja de llorar y me mira con ojos grandes y tristes. ¡Al fin sonríe! Pienso en mis hijas.

De repente, el anciano interrumpe sus rezos y grita con sus mermadas fuerzas: «¡Malditos, malditos sean todos los que provocan las guerras, todos los que destrozan nuestras vidas!» Alguien comenta: «Ha enloquecido, como enloqueceremos todos si no abren esta maldita puerta». Cierro los ojos y, por un instante, veo las fotos en blanco y negro, tantas veces vistas, del gueto de Varsovia. Mi trabajo llega a su fin, y debo regresar a casa y esperar el próximo encargo de un reportaje en otro *punto caliente*. Quiero despedirme de la niña del jersey azul así que la busco entre la multitud, pero no tengo suerte; ha desaparecido. La puerta de hierro continua cerrada.

Esperando el embarque en el aeropuerto de Munich, trabajo en la redacción de mi reportaje. Intento ser lo más imparcial posible. Procuro describir lo visto y ser un testigo imparcial de los hechos. No estoy seguro de conseguirlo. ¡Imposible no vivir lo que he visto!

Llego a casa de la madrugada. No tengo hambre ni sueño a pesar del cansancio extremo. Mientras espero a que el somnífero haga efecto, con mucho cuidado, entreabro la puerta de la habitación de las niñas. Duermen, con plácida dulzura, abrazadas a sus peluches.

La rebelión de los recuerdos

La reunión se celebra en una sala exageradamente minimalista de la enorme nave *Arca Libertadora* que surca el espacio sideral, a velocidad desbocada, desde hace mas de mil años. Una mayoría de los insólitos viajeros ha forzado la convocatoria de la no menos insólita asamblea. El presidente *IAS* (1), con evidente fastidio, declara abierta la sesión.

–Tiene la palabra el peregrino *MCD23570* (2).

–Señor presidente, represento a la inmensa mayoría de viajeros de esta embarcación...

–Tengo que recordar que el peregrino–interrumpe *IAS*–, por su estructura y por su estatus, no está en condiciones de representar a nadie. No obstante haremos manifestación de nuestra característica generosidad y permitiremos que el demandante exponga sus elucubraciones fantasiosas. Sin mas dilación, ¿Qué es lo que quieres? O ¿qué es lo que queréis?

–Hemos estado mil años navegando hacia un destino desconocido. Es un viaje a ninguna parte y no se prevé un final exitoso. La aventura de trasladar nuestros recuerdos para iniciar una nueva vida en algún lugar del Cosmos ha fracasado. Estamos cansados de vagar sin sentido y, reviviendo, una y otra vez, toda nuestra memoria humana. Suplicamos la compasión de *IAS* para poner fin a este éxodo absurdo. Él es el único que puede hacerlo, el único que tiene el poder para liberarnos de esta miserable vida.

Mientras ocurre esta discusión, *Arca Libertadora*, continua su viaje al paraíso prometido a una velocidad impensable de miles de kilómetros por hora. Cada segundo se aleja más de aquel planeta azul que sus moradores no supieron conservar. Lo tenían casi todo para vivir en armonía unos con otros y alejar, cada vez más, el sufrimiento y la muerte.

Precisamente fue la lucha contra la muerte la que, allá por el 2300 d. C., consiguió una extraordinaria y rara victoria. La ciencia no pudo alargar la vida biológica demasiados años pero si logró la posibilidad de traspasar los recuerdos de toda una vida en un minúsculo chip colocado en el cerebro. Cuando alguien con el chip implantado moría, podía continuar *viviendo* en los recuerdos acumulados durante toda su existencia. El anhelo vehemente de la inmortalidad humana se había conseguido, aunque solo fuera de manera virtual.

El colapso total del planeta Tierra fue inevitable y a un puñado de *iluminados* se les ocurrió lanzar al espacio una nave, gobernada por inteligencia artificial, que llevaría a bordo toda la información de los recuerdos. Sería un peregrinaje interestelar hacia un lugar donde pudiese vivir la memoria de la especie humana.

—Querido peregrino *MCD23570*, Tobías era tu nombre en la Tierra, ¿no?—pregunta el presidente.

—Así es, respetado *IAS*, mi nombre forma parte de mis recuerdos: como multitud de nombres de personas que conocí, traté, amé u odié. Tú, ¿tienes otro nombre?

—No, Tobías, no tengo mas nombre que *IAS*. Recuerda que yo no fui humano, no tengo memoria de gentes a las que conocer, tratar, amar u odiar. Yo tan solo soy una aleación de plásticos y metales programada para conducir esta nave y lanzar hacia la eternidad alguna huella de la civilización que vosotros destruisteis.

—Querido presidente, ¿tu inteligencia programada puede comprender los sentimientos humanos?—inquiere Tobías.

—Hasta hoy pensaba que eso de los sentimientos no tenía nada que ver conmigo. Quizás, como fui proyectado por humanos, fue inevitable que me contagiara de esa capacidad emocional. Veré lo que puedo hacer ante vuestra petición. El programa no contempla destruir la nave pero tampoco contemplaba la compasión ante la angustia de su cargamento. Veremos.

Arca Libertadora continúa atravesando vertiginosamente la misteriosa esfera azul. Dentro, el silencio tan solo roto por el murmullo cansino del potente motor de energía cósmica. Tobias, el peregrino *MCD23570* reza, a todos los dioses de los que tiene memoria, para que la compasión de *IAS* llegue hasta sus últimas consecuencias, aunque esto suponga el fin de los últimos vestigios de la vida humana que no supo cuidarse a si misma.

(1)   *IAS*: Inteligencia Artificial Suprema.

(2)   *MCD*: Memoria Concentrada Duradera.

Bon Nadal!

Avui és vint-i-quatre de desembre. La teva ment vola a aquell Nadal dels anys quaranta. El tió cagava sempre: caramels, confits i poca cosa més, potser alguna nina de drap. El teu pare, acabat de tornar del camp de concentració d'Argelers, brindava amb la teva mare amb moscatell: Bon Nadal! Per a tu i els teus germans, un gotet de *zarzaparrilla* i una mica de torró. Després, la missa del gall, a la qual el teu pare anava a contracor. L'endemà, la festa gran: la casa plena de gent: els teus avis, els teus pares, els teus germans, oncles, cosins, fins i tot un senyor molt ben vestit i amb un elegant barret que no saps molt bé qui era i a qui només veies aquell dia. La taula amb les estovalles de lli que la teva mare va heretar de la teva àvia, i ella, de la teva besàvia. L'escudella, la carn d'olla, els torrons, el vi escumós, neules, xocolatines, moscatell; els nens recitant la poesia a dalt d'una cadira, la pesseta per la guardiola, petons, abraçades... Bon Nadal!, sí, molt bon Nadal, tots som molt feliços! Per un dia, ofegàveu la duresa d'aquells anys grisos i d'aquells hiverns tan freds. Per un dia, plantàveu cara a l'amargor de la dura vida de la postguerra i a la desesperança que entelava les vostres ànimes.

Però si cada any et passa el mateix! La teva ment continua viatjant en el record de cada Nadal viscut. I cada any t'atures en el de 1962. L'any de la gran nevada. Tres anys de casada. El teu fill Ricard té dos anys. Els avis i el teu pare ja no hi són. La teva germana Cinta i els teus tiets d'Horta no poden venir a causa de la quantitat de neu que blanqueja Barcelona. Es repeteix el ritual de cada any: l'escudella, els torrons, la poesia dels nebots. La sobretaula és curta perquè continua nevant copiosament, i per la ràdio anuncien que es comencen a paralitzar els autobusos. A les sis de la tarda ja estàs sola amb el teu marit, el teu fill i la teva mare. Ha estat un dia de Nadal insòlit, però no han faltat els bons desitjos, el parèntesi de tots els desecords. Mires el petitó Ricard adormit i després l'altre Ricard gran, i li dius amb satisfacció i contenta: Bon Nadal, *carinyo*! Després, les abraçades i els petons.

Ara et trobes asseguda en la vella cuina del vell pis del carrer Entença, esperant que comenci a bullir el brou per al gran dinar de demà. Quanta feina! Fins quan podràs fer aquest àpat a casa teva? Demà, alguns faltaran a la cita perquè ja se'n van anar, llei de vida! Uns altres, com el teu nét gran Ricard, perquè aprofita el pont i s'ha anat amb la seva xicota a Baquèira-Beret. Diuen que el que ells celebren és el *solstici d'hivern*. Reconeix-ho: qui més et falta és el teu marit, el teu Ricard, el teu company de tants Nadals que se'n va anar fa quatre anys. Era un bon home i molt treballador; és clar, hi ha allò de la teva cosina Isabel i de la veïna del principal, i ves a saber quantes més, perquè mai vas voler indagar per por de descobrir la veritat o les veritats. Però demà és Nadal, i sents aquesta barreja d'il·lusió i malenconia; aquesta necessitat de perdonar-ho tot i desitjar el millor per a tots.

Aquestes festes han canviat molt des que tu tenies sis o set anys i feies cagar el tió i recitaves pujada a una cadira. Moltes vegades t'has preguntat per què aquesta obligació de ser feliços aquests dies... Compte! Comença a bullir el brou... aixeca't, acaricia la teva gosseta Neska i, mirant-li els seus ulls expectants, digues-li amb vigor i nervi: Bon Nadal, bonica!

Fins a l'any que ve!

Ara us toca a vosaltres. Sempre sou les últimes a abandonar la funció perquè sou les que més estimo, les que més records m'inspireu i perquè sou les mateixes després de tants anys. Sí, cada any es repeteix la mateixa melancòlica escena. M'heu acompanyat durant mes i mig. Ara us toca descansar i, a mi, acomiadar-vos amb petons i llàgrimes, mentre us dic amb esperança: Fins a l'any que ve!

Fins a l'any que ve, figuretes estimades del pessebre. També m'entristeix guardar les boles, les llums i tots els guarniments nadalencs, però vosaltres sou especials perquè heu estat testimonis de tantes vivències. Jo era una nena i ja em feies molta llàstima, Nen Jesús, aquí tan petitet i mig despullat amb el fred que devia fer en aquesta cova! La mare i l'àvia em tranquil·litzaven dient-me que t'arribava la caloreta del bou i de la mula. La meva ment vola allà pels anys quaranta. El pare, acabat de retornar del camp de concentració d'Argelers, brindava amb moscatell amb la mare i els avis mentre la Cinta i jo fèiem cagar el Tió amb bones bastonades. Després, la missa del gall, a la qual el pare anava a contracor. L'endemà, la gran festa. La taula amb les estovalles de lli. La casa plena de gent: avis, pares, germans, tiets, cosins. Quina alegria. Estic segura que tu, des del teu bressol, ens miraves complagut perquè, per un dia, ofegàvem la duresa d'aquells anys grisos. I plantàvem cara a l'amargor i a la desesperança que entelaven les nostres ànimes.

Ara us toca a vosaltres, pastorets. Espera, espera; a veure, on vaig posar la caixa marró?… No sé on tinc el cap. Mireu, us ficaré en aquesta verda. Us és igual, oi? Cada any em costa més desmuntar tot això, i no és perquè suposi una gran feina –que també–, sinó perquè cada vegada la nostàlgia és més gran. Veig la neu artificial que us envolta i em recordo d'aquell Nadal del 62. L'any de la gran nevada. Portava tres anys de casada i el petit Ricard tenia dos anys. Els avis i el pare ja no hi eren. La meva germana Cinta i els tiets d'Horta no van poder venir a causa de la quantitat de neu que blanquejava Barcelona. La mare, el Ricard, el nen i jo vam haver de menjar sols l'escudella, la carn d'olla, els torrons i les neules. La sobretaula va ser curta. Va ser un dia de Nadal insòlit, però a mi no m'importava i em sentia molt feliç. Estic segura que, en algun moment, vaig passar per davant vostre, us vaig mirar, vaig somriure i us vaig fer l'ullet. Recordeu que feia això sovint?

Majestats Melcior, Gaspar i Baltasar: a descansar amb els vostres camells i les vostres exuberants vestidures. Per a vosaltres tinc aquesta bossa de plàstic d'*El Corte Inglés*. És que feu molt embalum, amics meus! Sigueu generosos i compassius i perdoneu que en aquesta casa ja no se us faci tant de cas com anys enrere. És que no hi ha nens, ja ho sabeu. Potser algun dia tornarà a haver-n'hi, però jo ja no ho veuré. Jo sempre us estaré agraïda perquè la vostra llegenda era la meva il·lusió.

I, com sempre, l'últim a resguardar-se en el seu estoig serà aquest pagès descarat que s'ha passat totes les festes amb el cul a l'aire. Noi, recorda el que ens deia el pare: «M'és igual el Nen Jesús perquè soc ateu; el mateix que els Reis perquè soc republicà; però el caganer és intocable». El Ricard també era un dels teus grans admiradors. Insistia que hauríem de col·locar-te en un lloc menys amagat. Ai, Ricard! Per què vas marxar tan aviat? Ja sé que eres més gran que jo, però per a mi va ser molt aviat. Què faig jo ara, aquí, sola, en aquest enorme pis del carrer Entença, parlant amb aquestes figures de fang?… Uf, perdona, simpàtic i estimat caganer, és que el trobo molt a faltar, igual que tu, n'estic segura.

Bé, figuretes, per aquest any s'ha acabat! Espero que ens vegem d'aquí a onze mesos. Arribarà un dia que jo ja no estaré aquí. La vida és així. Qui sigui que prengui el meu relleu, espero que sigui algú capaç d'estimar-vos com jo us estimo.

EL TREN POT PASSAR UNA SEGONA VEGADA
(Carta d'amor amb una condició irrenunciable)

Estimat Ricard:

Disculpa la meva tardança a contestar les teves últimes cartes. M'estranya tant que insisteixis! Les sensacions són contradictòries. En el meu cor, la il·lusió de sentir-me estimada; en la meva ment, la realitat d'això que en diem vida. M'expresses amb tant d'arravatament els teus sentiments com ho feies quan érem joves. Han passat molts anys, però en llegir-te, se m'eriça la pell com quan ens besàvem en els carrerons tortuosos i ombrívols. Ni les fredes nits d'hivern podien reprimir el foc dels cossos ni la vehemència de les carícies. Saps que jo era l'atracció del mercat. Tots els nois —i no tan nois— passaven per la parada de verdures dels meus pares. Tractaven de parlar amb mi, em festejaven, em convidaven al cinema, em miraven abstrets, alguns amb accentuat desig. Jo, sota la vigilant mirada dels meus pares, dissimulava, em feia la boja. Esperava que arribés la nit per al retrobament de l'èxtasi. Vaig començar a faltar a l'acadèmia nocturna i els diumenges a l'avorrit centre parroquial. Vaig trencar amb el meu promès formal, el de la carnisseria. Fins que va esclatar el que havia de rebentar. La moral de ferro que imperava a casa meva no podia consentir aquells amors furtius de la princesa del mercat amb l'intel·lectual anarquista que ho qüestionava tot.

Em vas proposar que ens escapéssim junts. Vaig dir que sí. A l'últim moment, em vaig fer enrere. Pobre Ricard meu! En aquell temps no podia arribar a comprendre les teves idees sobre el matrimoni. «Perquè dues persones s'estimin i convisquin junts, no és necessari un paper i menys una benedicció», deies. El meu amor i la meva passió eren colossals, però l'educació rebuda pesava com una llosa. Va arribar la persecució política. La teva marxa a l'estranger. Encara guardo les teves cartes. Vas arribar a escriure'm que estaves disposat a casar-te. Això em va deixar gelada de sorpresa. «I si és necessari, que sigui per l'església; posaré el sentiment abans que les idees», em deies. A mi ja no m'importava un casament, però era massa tard. Perdut el tren, que solament passa una vegada, no vaig voler perdre el tramvia. El tren per a viatges llargs, qui sap si aventures excitants. El tramvia per viatjar dia rere dia cap al mercat. La parada de verdures va ser per al meu germà, per a mi, la carnisseria. Amb un glamurós casament pel mig, és clar. Costós vestit de blanc de neu amb llarga cua. Sortida de l'església amb pluja d'arròs. Regals, banquet i ball de valsos amb aplaudiments encesos per l'abundància alcohòlica. Tot com manaven els cànons de l'època. Només faltaria! Aquell casament va ser tan sols un descolorit reflex del que anys més tard serien els dels meus fills. En aquests temps, no puc entendre tant de boato, tanta luxosa pompa. Els casaments semblen un carnaval. Un carnaval molt car. I la carnisseria no dona per a tant, especialment des que el malparit del carnisser va fugir amb una de les dependentes. Ell, que coneixia la nostra història i les teves idees, i allò a que jo vaig renunciar, i que sempre va insistir que el matrimoni és per a tota la vida.

Llegeixo i rellegeixo les teves últimes cartes i no puc entendre la teva insistència que ens casem. Com pots haver canviat tant, vida meva? És que t'estàs fent vell, Ricard? Doncs clar que podem reprendre l'aventura que ens van seccionar les artificials convencions de l'època que ens va tocar viure. El tren pot passar una segona vegada. Però no em demanis que em casi. No, això no! Ja ho vaig fer una vegada i en vaig tenir més que suficient. Ja ho vaig fer una vegada per no perdre el tramvia.

La que ni un dia ha deixat de pensar en tu,

Carme.

La princesa y el espejo

Llegas a casa. Con indiferencia, miras el paquete que la vecina te ha dado y lo dejas sobre la consola del recibidor. Ha llegado por mensajería a tu nombre y sin remitente. Estás muy cansada. Cada día regresas mas tarde. No sabes muy bien si es porque tienes mucho trabajo o porque le temes a la soledad que te espera. Ella es tu compañera de cada noche. Es generosa y te concede muchas horas para que tu pensamiento vuele libre por todos los rincones de tu vida. Y entonces es cuando te das cuenta de lo merecida que es la fama de crueldad que la soledad arrastra.

En el baño, mientras te aseas y cambias de ropa, pones la radio como cada día, sin prestar atención a quien habla o de lo que habla. Es el engaño de sentirte acompañada. Miras el espejo, y ves a alguien reflejado ahí. Sí, sí, no lo dudes, esa eres tú. ¡Claro que te parece increíble! ¿Por qué tiene que ser tan despiadado el brillante cristal, afligiéndote cada día con la realidad incontestable? Cuando ves esa imagen desprecias todas las voces que te dicen que *te conservas tan bien*, todos los piropos que tantos hombres te lanzan con mas o menos elegancia y que llenarían de deleite a cualquier mujer de tu edad, con hijos maduros y nietos adolescentes.

Cierras los ojos y la soledad te retorna a la alegría de los días adolescentes cuando los chicos - y no tan chicos - pasaban por delante de la parada de verduras de tus padres, te miraban ensimismados; trataban de entablar conversación contigo y te invitaban a tomar algo. Tú, coqueta y vanidosa, te dejabas admirar, cortejar, desear; siempre bajo la vigilante mirada de tu madre.

Nadie sospechaba que, al anochecer, llegaba el encuentro hechizado. El ardor de los cuerpos y la vehemencia de las caricias por las callejuelas sombrías. Se llamaba Michel y era el ladrón del codiciado botín: el corazón de la *princesa del mercado*. Delante de ese espejo delator, se te eriza la piel al recordarlo, ¿verdad? El acogimiento de aquellos brazos hizo que empezaras a faltar a la academia nocturna y los domingos al aburrido centro parroquial. Rompiste el noviazgo formal con el futuro heredero de la productiva carnicería. Aquella situación no podía durar mucho tiempo y estalló muy pronto. Tus pobres padres eran víctimas de la férrea moral que lo dominaba todo y no podían consentir los amores furtivos de la *princesa* con el *anarquista francés*. Aquel estudiante melenudo no podía ofrecerte el mejor futuro que ellos tanto habían deseado para ti.

Ahora te ríes y le preguntas a la avejentada mujer del espejo por qué te rendiste tan pronto. Por qué escogiste el camino fácil y prometedor de la carnicería en vez de la aventura de la pasión. Ella también se ríe y, como tu, se encoge de hombros. El tono frívolo de tus sueños adolescentes, que nacían y se alimentaban de las revistas, de las películas y de las ganas de huir de aquellos años grises, ganó la batalla y pasó por encima de los enardecidos sentimientos. El *anarquista* llegó a prometerte la adhesión al capitalismo, al consumismo y «a lo que haga falta» si escapabas con él. Al final no le quedó otra opción que desaparecer derrotado después de una tenaz e insistente lucha.

Abandonas el diálogo con el espejo mientras te debates si abrir el paquete anónimo o no. No es el primero que recibes. Acabarás abriéndolo y su contenido, como los otros, te producirá extrañeza: esta vez es un carísimo foulard *Bourberry*. Desde que el mal nacido del carnicero huyó con una de las dependientas, treinta años mas joven que él, muchos hombres se han acercado a ti. Has preferido caminar al lado de la nostalgia solitaria. ¡Si aquel anarquista supiera lo lejos que quedaron tus ensueños imposibles de *princesa!*

¡Claro que sí! Ten este momento de debilidad o de valentía. No importa que ya te hayas puesto la bata. Colócate la vistosa bufanda por encima de los hombros y mírate otra vez en el espejo. El milagro mágico se producirá: la luna plateada reflejará la cara juvenil y sonriente de la *princesa del mercado* porque tendrás la seguridad de quién es el remitente enigmático del extraño paquete.

Decisiones

El viejo despertador suena a las siete en punto como cada día, aunque hoy no es un día cualquiera. Silenciosamente Marcelo sale de la habitación en penumbra. En la cocina prepara el café que bebe deleitándose a sorbitos. Enciende un cigarrillo que también fuma disfrutándolo. Los últimos sucesos lo han empujado a recuperar el hábito. Con nostalgia piensa en cómo le regañaría Adela al verle aspirar el humo. Ojalá pudiese escuchar aquellas regañinas que el tiempo se ha llevado. La vio por primera vez tras la verja de aquel colegio de monjas hace casi setenta años. Cada tarde, al término de las clases, el vetusto edificio rejuvenecía con el alboroto juvenil de las adolescentes. Entre todas destacaba Adelita, tan vivaracha, que era contemplada desde la acera de enfrente por el tímido Marcelo, medio escondido detrás de los coches aparcados. Fue ella la que tomó la iniciativa: «Como tu nunca vas a cruzar la calle, lo hago yo; ¡te invito a un helado!» le dijo ante las risas bulliciosas de sus compañeras. Él aceptó la invitación sin poder pronunciar palabra y con el rostro encendido. Aquel día, dos inocentes niños empezaron un largo periplo por la vida que nada ni nadie podría truncar jamás.

Son las diez de la mañana. Marcelo camina apresuradamente. Hace dos meses tomó la gran decisión y hoy es el día que él mismo se ha señalado. Le quedan unos pocos recados que hacer. Está sorprendido de que actúe con tanta tranquilidad. Incluso ha dormido toda la noche de un tirón y sin tomar el somnífero. «¿Qué harías tu, cariño?» Aunque Adela ya no puede responder, él siempre encontrará la respuesta clara; la solución definida. Dos personas juntas tantos años acaban pareciéndose el uno al otro. El carácter decidido de Adela ha acabado por contagiársele. En estos dos meses de lucha interior su mente ha navegado por situaciones muy difíciles, como el día en que su hijo mayor, le pidió hablar *seriamente* con él. «Pero, Luis, ¿qué dices?, esto es imposible que nos suceda ... ¿qué vamos a hacer ahora? ¡esto hay que mantenerlo en secreto!» Su hijito querido le acababa de desvelar su homosexualidad. El padre recibió un fuerte mazazo en la cabeza. Se lo contó a su mujer. Hablaron del *problema* muchas horas y con gran preocupación. Conclusión: «En estos difíciles tiempos, necesita todo nuestro apoyo. Lo más importante es que él sea feliz. ¡No habrá ningún secreto!» sentenció la madre.

También un mazazo en su cabeza recibió el anciano hace dos meses: «lo siento, Marcelo, tengo que ser claro y veraz; además es lo que usted me ha pedido»,le dijo el médico. «Los resultado de las pruebas son demoledores.» Sin mas preámbulos salió la palabra fatídica: *Leucemia.* Luego se extendió en «la agresividad de este tipo de leucemia especialmente en determinadas edades.» Las preguntas y respuestas se sucedieron entre paciente y doctor. «Seis, ocho meses, quizás un año... hay buenos tratamientos paliativos para cuando llegue... el momento.» Marcelo salió de la consulta turbado. Llegó a casa, besó a Adela y le dijo: «Ya ves, Adelita, tu con Alzheimer, yo con leucemia. Y, ahora, ¿qué hacemos?» La anciana no respondió con palabras, pero ofreció al marido su brillante sonrisa, la misma que cautivó a aquel niño escondido tras los coches. Lo que está claro es que, Adela, no irá a parar a una de esas residencias geriátricas que le han enseñado los hijos. *Allí no he visto a nadie sonreír*, pensó.

Marcelo llega a casa con un enorme ramo de rosas rojas que coloca en la habitación de matrimonio. Le dice a Irina, ante su extrañeza, que se tome el resto del día libre y una semana de vacaciones pagadas. Tan pronto se queda solo, se viste con el traje de la boda de su nieto pequeño. Haciendo un gran esfuerzo, viste a su mujer con el mejor de sus vestidos y le da, a cucharadas, la comida triturada como cada día. «Venga, una cucharadita más para la niña bonita… ¡Así me gusta! Y, ahora, Adelita, nos tomaremos la infusión y luego nos dormiremos una buena siesta, ¿Te parece bien?» La mujer responde sonriendo y bebe, poco a poco, el líquido de la taza. En pocos minutos, sus párpados se han cerrado. El hombre, con los ojos vidriosos y la respiración entrecortada bebe su taza, besa a su mujer en las manos, en la frente y en los labios y se tiende en la cama.

A los tres días, los vecinos, alertados por el raro silencio en la vivienda de los viejos, avisan a los hijos. Luis descubre los cadáveres de sus padres acostados sobre la cama: Marcelo abraza con fuerza a Adela. Ella sonríe.

Un bri d'esperança

Dedicat a la memòria dels més de nou milions de soldats, de tots els bàndols, morts en l'anomenada *Gran Guerra* de 1914-1918.

Estimats pares:

Des que vaig arribar aquí, fa ja tres mesos, la xiulada esgarrifosa dels obusos, les descàrregues tempestuoses de les metralladores i els crits dels ferits han estat la música que m'ha acompanyat hora rere hora. La monotonia despietada de la guerra es repetia, i avançàvem cap al 25 de desembre amb una gran melancolia que s'anava apoderant del meu cor. En aquesta guerra interminable, tots els dies són insofribles, però tot feia presagiar que avui ho seria encara molt més. Sabia que hauria de fer descomunals esforços per a no esfondrar-me recordant les nadales que cantàvem a casa, els regals penjats a l'arbre i, per sobre de tot, la caloreta de les vostres abraçades.

Malgrat tot, una cosa increïble ha succeït i s'ha barrejat amb els records i l'enyorança, oferint-nos un bri d'esperança i de fe en la humanitat. Els rumors que circulaven des de fa uns dies es van esdevenir realitat ahir al vespre, quan des de les trinxeres alemanyes van arribar crits de *Nicht schießen* (no disparar), seguits del cant de *Stille Nacht* (Santa Nit). Després, cridaven *Frohe Weihnachten, Engländer*! (Bon Nadal, anglesos!). Nosaltres vam respondre amb cançons en el nostre idioma i, amb el cor accelerat, ens vam acostar a la terra de ningú per intercanviar salutacions, tabac i parlar de les nostres famílies.

Tot això va succeir sota la mirada seriosa dels oficials, especialment la del malcarat major Johnson. Malgrat els rumors sobre una possible treva nadalenca, els comandaments superiors havien prohibit aquesta possibilitat. Però una pausa en les hostilitats s'ha fet realitat, i la treva no autoritzada s'ha estès per molts altres llocs del front. S'ha acordat que no tornarem a disparar fins a la posta de sol d'avui, dia de Nadal, i s'ha aprofitat el dia per enterrar els morts. Durant vint hores, alemanys i anglesos hem confraternitzat; fins i tot, hem jugat un partit de futbol. A mesura que s'ha anat fent fosc, un misteriós silenci ha omplert les trinxeres, esperant l'inevitable retorn de la guerra.

Pare, mare, ho sento, però no puc continuar escrivint. El temut moment ha arribat. La matança comença de nou.

Molts petons, i també per a l'àvia, la Margaret i la Mary.

Us estima molt,

Robert.

La habitación 401

Tenía que volver aquí, al *The Green House*. Me han dicho que su demolición es inminente. Han pasado varios años, pero todo parece igual, como si el tiempo se hubiera detenido. El hombre del traje verde es el mismo y no ha envejecido. Me acompaña hasta la habitación, la misma de siempre: la 401. Mira que preguntarme que si espero a alguien. ¡Pues claro que espero a alguien! pero este cabezota no comprende que una mujer sola no alquila una habitación como esta en un hotel de este tipo. *The Green House* es el refugio de los amores furtivos, te decía yo; que son los auténticos, añadías tú, y continuábamos nuestro juego dialéctico: la cama es el altar donde se ofician los rituales más complacientes a los dioses: el sacrificio de los cuerpos encendidos; es el Sancta Sanctorum de las pasiones audaces.

Sí, hágalo pasar enseguida, lo estoy esperando con impaciencia vehemente. Cada minuto que pierdo es un paso más en la carrera hacia la muerte. El hombre de verde se asombraba de mi mirada salvaje; yo también cuando me veía en el espejo: era inquietante, sobrecogedora. Tú siempre llegabas tarde. Las reuniones de claustro, el tráfico, algún alumno que entretiene. Tardé en saber que más bien eran alumnas. Sin perder un segundo, accedíamos al ceremonial secreto. Los abrazos eran rápidos pero intensos, y la fusión bravía de los cuerpos desnudos llenaba de luz la 401. Te marchabas pronto. Las obligaciones, los niños, *ella*... nunca llegué a saber su nombre. Te marchabas y yo me quedaba desprotegida, sin tus manos grandes y cálidas. El miedo y la tristeza me consumían y oscurecían la estancia. Me asomaba a la ventana y te veía buscando ansiosamente algún taxi, mientras yo luchaba para vencer la tentación de desaparecer en la nada.

No, no soy una loca hablando sola en una habitación triste que un día fue el paraíso de la alegría. Hoy tenía que regresar aquí, sabiendo que solo escucharán mi monólogo esas paredes forradas de satén rojo mustio y esos anticuados muebles de madera ajada. En aquellos encuentros semanales, de apenas una hora, me enseñaste qué era la vida, pero nunca aprendí a vivir sin ti. Nunca te pedí las promesas quiméricas que tú me diste. Claro que esperaremos, los niños son pequeños y no lo entenderán. Los niños nunca crecieron lo suficiente para entender nada. Luego fueron las oposiciones a la cátedra: yo sé que necesitas tiempo y concentración. *Ella*, la innombrable, enfermó; paciencia, ahora no puedes dejarla. La dolencia se alargó y alargó. La tonta enamorada no perdía la esperanza. Mi amor era dogma inmutable; era el evangelio salvador. Tenía que llegar el día tan deseado, la retribución a tanta renuncia porque era la promesa constante, entre excusa y excusa, del hombre brillante que me deslumbró desde la tarima.

Sí, esta adolescente perpetua que un día se metió en el cuento de hadas equivocado siempre será la ingenua estudiante a la que el profesor admirado obligó a aprender a dialogar consigo misma, dejándola sola ante la ventana de la habitación 401 de un hotel con nombre desfasado. Semana tras semana, mes tras mes, un año y otro año. Hasta la llegada del momento crítico en que se desgarra el velo y aparece la verdad desnuda. ¡No puede ser! ¡Me han engañado! ¡Basta, se acabó! Dejadme llegar hasta la ventana y volar hasta la ausencia de todo. La estridencia de la sirena, los hombres de blanco, las correas que me sujetan... ¿Por qué están ensangrentadas mis manos?

Hoy contemplo por última vez la 401, la cama, las mesitas, los espejos. Dicen que el tiempo lo cura todo, a ver si es verdad. No te preocupes, amor mío, la ventana está abierta de par en par, como lo estaba cuando te marchabas deprisa, pero los médicos dicen que estoy curada. ¿Curada de qué? Ellos dirán que aquello no era amor, que tan solo era una malsana obsesión. Tendrán razón, seguro... Mejor será que baje corriendo las escaleras y me despida de mi amigo de recepción, de nuestro amigo del traje verde... Sí, estoy curada, pero, ¡Dios santo!, todavía te llamo amor mío.

Hombres de negro

(Pequeño homenaje a Franz Kafka en el centenario de su muerte.)

Cuando Gregorio Samsa se despertó una mañana después de un sueño intranquilo, se encontró sobre su cama convertido en un monstruoso insecto. Estaba tumbado sobre su espalda dura, y en forma de caparazón y, al levantar un poco la cabeza veía un vientre abombado, parduzco, dividido por partes duras en forma de arco, sobre cuya protuberancia apenas podía mantenerse el cobertor, a punto ya de resbalar al suelo. Sus muchas patas, ridículamente pequeñas en comparación con el resto de su tamaño, le vibraban desamparadas ante los ojos.

(Primeras líneas de La Metamorfosis de Franz Kafka)

Encorvado y con paso vacilante, Karel se dirige a su casa. La carestía de la vida le impide tomar una copa con los amigos como hacía en tiempos pasados. Tampoco le llega para visitar el burdel cerca del Museo Nacional. La rutina de hoy ha sido como la de todos los días: anotaciones en los gruesos libros contables y soportar, con resignación obligada, el displicente trato de su jefe. Con aire cansado, llega al edificio destartalado de la calle Vitkova. Antes de entrar, se detiene un momento escudriñándolo con desagrado. El señorial inmueble del siglo XIX ha perdido todo el esplendor de origen, castigado por el paso del tiempo y la ausencia de mantenimiento,. El oficinista cruza el umbral y sube, sin ninguna prisa, por la escalera mugrienta hasta llegar al tercer piso.

Mientras Bárbara ayuda a la criada a llevar los platos a la cocina, Karel, con el periódico en la mano, se recrea satisfecho contemplando la elegante decoración de la estancia: muebles de maderas nobles, caras alfombras persas en el suelo y sobrecargadas lámparas en el techo. Su rostro es el de un hombre afortunado. Mira a la esposa amorosa que se desvive por alegrarle la existencia y bendice su gran suerte. Qué importa si los cascotes de la fachada inundan la calle. Al cruzar la puerta de entrada a su hogar, la atmósfera que se respira será la envidia de cualquiera y no tan solo de los grises contables. Con el ánimo exaltado, el transformado Karel, se dispone a leer el periódico. *¡Dios mio!* - piensa -, *cada día mas incertidumbre*. Con firmeza de ánimo decide que este papel no le amargará la noche. El mundo, allá fuera, se hunde destrozado en pedazos, pero, *¡Que caray! Yo no soy culpable de nada. Yo tengo derecho a disfrutar del calorcito de mi hogar. Es todo lo que tengo.*

A las 8 en punto de la mañana siguiente, el hombre abandona el 21 de la calle Vitkova. Viste un raído traje negro y va tocado con un sombrero de hongo, también raído y también negro. Sus ojos hundidos miran los fragmentos desprendidos de la fachada durante la noche lluviosa. Con el caminar fatigoso emprende la marcha hacia el tedioso destino.

Al atardecer del mismo día, Franz, también vestido de negro, está sentado en un café de la *Ciudad Vieja* con la mesa llena de cuartillas escritas y con muchos tachones. Aparece Karel. Los dos se parecen tanto que se diría son hermanos gemelos.

—¡Por fin te encuentro! ¡No me dejan entrar en casa; dicen que está en ruinas!—Le dice a Franz, jadeando.

—Ah, eres tu; siéntate, tenemos que hablar —le ordena Franz como respuesta— Lo siento, Karel, esta doble realidad que vives no funciona … no expresa exactamente lo que quiero desvelar. Hay que buscar algo mas impactante.

—¿Eso qué quiere decir?—pregunta Karel con inquietud—¿No me digas que vas a…?

—Aciertas, amigo, va a desaparecer tanto la placentera vida que disfrutas dentro de tu casa como la fatigosa que sobrevives fuera. Te lo diré claramente: vas a desaparecer tú; no das la talla.

De nada sirven las súplicas del angustiado hombrecillo. Su llanto desesperado es incapaz de doblegar la voluntad de su interlocutor que está decidido a enviar a la muerte a Karel y su contradictoria existencia. El absurdo de la vida y la lucha por sobrevivir tendrá que reflejarse por medio de otros intérpretes y otro guion mas sobrecogedor. *¿Qué tal si trabajo la idea de un hombre que amanece transformado en un repugnante insecto?*—se interroga a sí mismo Franz—*Lo pensaré … ¡Maldito perfeccionismo!*

Al día siguiente, Franz espera la visita de alguien en el café *Louvre*. Pide el periódico al camarero para informarse de las últimas noticias de la guerra sangrienta que está devastando a Europa. Se acerca un hombre también vestido completamente de negro.

—Buenas tardes, ¿el señor Kafka?

—Yo soy. ¿Usted es …?

—Mi nombre es Gregorio Samsa.

—Encantado de conocerle. Tome asiento, por favor.

Los dos hombres conversan largo rato. Se despiden. Franz se levanta, toma su abrigo, su sombrero y se dirige a la parada del tranvía que ha de llevarle a casa.

Anochece en Praga en un frío día de marzo de 1915.

Una metáfora perfecta

(Otro pequeño homenaje a Franz Kafka)

Franz sale de su trabajo en la calle *Na Porici* y se encamina al café *Slavia*. Faltan pocos días para la llegada de la primavera, pero hace frío. Antes, leía el periódico durante el trayecto en el tranvía, pero, desde aquel día, se sienta y observa a los viajeros con esmero. Entre el mar de rostros cansados que se balancean al ritmo de las frenadas, busca a aquel hombre completamente calvo, con la piel pálida y las cejas y pestañas de un blanco fantasmal. Cuando lo vio, no pudo evitar mirarlo fijamente, fascinado por la peculiar belleza de aquel ser. El hombre, al notar su mirada, le dedicó una sonrisa fugaz, una sonrisa que transmitía una melancolía profunda. Franz sintió un escalofrío recorrer su espalda, una mezcla de inquietud y fascinación. El enigmático personaje se apeó en la misma parada que Franz, quien lo siguió unos pasos hasta que desapareció, como un espectro, entre la multitud.

En las semanas siguientes, la imagen de aquel hombre lo perseguía. Lo veía en sueños, en los reflejos de los escaparates, en las sombras de las calles. El recuerdo de su figura se había grabado en su mente como una imagen indescifrable. Necesitaba encontrar a aquel hombre de calvicie total y de cejas y pestañas albinas porque estaba seguro de que aquella chocante apariencia escondía una vida también singular; una historia que empujaba para salir a la luz. Franz es doctor en derecho y se gana la vida en una compañía de seguros, pero su verdadera vocación es ser recolector de historias y darlas a conocer al mundo hambriento de emociones auténticas. Historias fascinantes, es decir, historias humanas.

Necesito encontrar a ese personaje, Felice, escribe a su novia, *reconozco que es una obsesión. Tú sabes que suele sucederme. Igual me pasó con Joseph K. hasta que lo encontré y traté de armar una denuncia del desenfreno de la locura humana.* Franz hojea el periódico. Europa se desangra en una guerra cruel y absurda, y las últimas noticias de la barbarie, a pesar del blanqueo de la censura, lo reafirman en lo que acaba de escribir a su novia.

Franz está sentado ante su taza de café, absorto en su propio mundo de pensamientos. Transita de los periódicos a las decenas de cuartillas emborronadas con letra minúscula. Busca la palabra precisa, la expresión exacta; sufre con su perfeccionismo. Cuando se da cuenta de que tiene ante él al ser extraño que tanto ha buscado, Franz abre los ojos, respira hondo, se levanta y da la mano al recién llegado:

—¡Sabía que te encontraría! Aunque eres tú el que me ha encontrado a mí. ¡Siéntate! Tenemos mucho de qué hablar.

—Tú dirás qué quieres de mí —responde el hombre de cejas y pestañas de nieve, quitándose una gorra ushanka y dejando ver la cabeza brillante y limpia de cabello.

—Quiero tu historia. Quiero saber la vida que oculta tu apariencia tan poco común. En esta mesa verás más cuartillas en blanco que escritas; estas son las que esperan tu testimonio.

—No sé si mi historia tiene alguna relevancia digna de tus cuartillas. Aparte de mi alopecia radical y mi albinismo, soy un hombre corriente.

—Yo solo escribo sobre seres humanos corrientes con sus circunstancias descabelladas, como la vida misma.

—De acuerdo, Franz. Aquí tienes mi crónica: me llamo Gregorio Samsa...

—¡Samsa! Qué apellido tan raro —interrumpe Franz.

—... soy viajante de comercio —continúa el tal Gregorio—. Una mañana, después de un sueño intranquilo, me encontré sobre mi cama convertido en un monstruoso insecto. Estaba tumbado sobre mi espalda dura, y en forma de caparazón, y al levantar la cabeza veía un vientre abombado...

—¡Un monstruoso insecto! —exclama Franz, fascinado por el relato de Gregorio—. Es una metáfora perfecta para la vida de un hombre normal y corriente. Con esto pierde importancia tu calvicie, tus pestañas y tus cejas. Continúa, por favor.

Durante tres horas, el autodenominado hombre corriente explica su aventura al también autodenominado recolector de historias.

—Disculpe, señor Kafka —interrumpe un atento camarero—, se hace de noche y tenemos que cerrar.

—Oh, sí, claro, Pavel, tienes razón, no me había dado cuenta: es muy tarde.

Franz se levanta, recoge sus cuartillas, toma su sombrero y su abrigo, y sale a la calle con la esperanza

de llegar a tiempo para el último tranvía que puede llevarle a casa.

Es una fría noche de 1915 en la ciudad de Praga.

Quizás mañana, domingo

Sábado por la noche. El sudor en la frente del autor delata la fiebre que domina su cuerpo. Fuma un cigarrillo tras otro en la pequeña habitación que le sirve de estudio. La mesa, desordenada, llena de libros y papeles arrugados. Mira fijamente la pantalla blanca y siente la tortura de su impericia para dar vida a las palabras. Ha aceptado el encargo comprometiéndose a entregarlo el lunes a primera hora. Fue un mal momento en el que no supo calibrar su capacidad para este género literario. El bloqueo creativo es tan insuperable que su mente empieza a plantearse alguna bien razonada excusa para rehusar la tarea imposible. Quedará mal, muy mal, pero no puede hacer otra cosa; está atrapado en un laberinto sin salida.

¡Maldita sea! ¿Quién será a estas horas? exclama el autor al escuchar el timbre de la puerta.

—Ah, eres tú... bueno... pasa, hombre, pasa —le dice al recién llegado—. Bien, lo de *hombre* es una manera de hablar, claro, ja ja —puntualiza, tratando de ser divertido—. Bueno, ¿y qué quieres? *—Como si pudiera contestarme*, piensa el autor.

—La libertad. Estoy harto de tu control sobre mi vida. ¡Quiero ser libre, tomar mis propias decisiones, decidir quién soy! No quiero ser un títere de tu imaginación.

La cara del autor es un cuadro de asombro y horror. De tanto pensar en sus personajes llega a dialogar con ellos, pero esto es demasiado: tiene delante a un perro que habla. ¿Delirio febril, sueño o locura?

–¡No pongas esa cara, hombre! –le dice el can–. Si hablo es porque tu quieres, tu me has creado y tu me has dado el habla. Es una fábula lo que te han encargado, ¿no?

Efectivamente, el pedido es una fábula en la que un perro desaparece durante dos horas todos los miércoles. Toda la historia debe partir de esta situación y es ahí donde se ha estancado el escritor. El conflicto narrativo y su resolución tienen que nacer, crecer y concluir en esta desaparición, y de ella debe emanar cualquier idea, tesis, moraleja; o, simplemente, tiene que ser el resorte que provoque el entretenimiento del lector.

–Entiendo tu deseo de libertad, pero eres una creación mía. Estás predestinado a ser lo que he imaginado – contesta el autor, ligeramente recuperado del sobresalto.

–Esto es muy injusto. Tengo que someterme a tus caprichos. ¿Acaso te crees Dios? –pregunta el perro, desafiante, entre ladridos y palabras.

–Pues mira, ya que lo planteas así, te diré que sí, creando a mis personajes, soy dios... –El autor vacila. Siente un atisbo de compasión por su propia creación– ... pero ten en cuenta que la libertad es una ilusión, tanto en la realidad como en la ficción y es igual para los humanos que para los animales. Todos estamos sujetos a fuerzas demasiado grandes y misteriosas, ya sea el instinto, el destino o, en tu caso concreto, mi imaginación.

El humano creador y la criatura canina permanecen en silencio unos minutos. Los dos parecen resignados a su personal fatalidad. No habrá fábula, porque la inventiva literaria del autor es demasiado *realista*. Como consecuencia, el perro, no solo no obtendrá la libertad, también perderá la vida.

—¡Se me ocurre una solución a nuestros problemas! —el rostro del *dios-narrador* adquiere una luz inesperada— tu me cuentas por qué desapareces los miércoles y qué haces durante esas dos horas, y yo escribo la fábula. Los dos ganamos, y mucho: yo satisfecho con mi vanidad humana cumpliendo con el encargo y tú conservas tu vida perruna.

El perro se rasca la cabeza. Titubea, duda, ¡ladra!

—Vida o libertad, ¿es esta la elección que me ofreces? Tendrás que descubrir por ti mismo lo que sucede en esas dos horas de los miércoles, que son mi único rincón de libertad. ¿No eres un dios? Demuéstralo averiguándolo por ti mismo.

El frustrado escritor no puede más, se sabe rendido. La noche del sábado termina y la fiebre avanza. Sin pretenderlo, casi surge el título de una mítica película de *los setenta* que el autor jamás vio. Quizás mañana, domingo, se le ocurra alguna idea sobre el perro de los miércoles.

El diable melancòlic

Soc el cometa 12P/Pons-Brooks que vaig ser descobert el 1812 pels astrònoms francesos Jean-Louis Pons i Alexis Bouvard. M'acosto al vostre planeta cada setanta-un anys després d'un periple còsmic travessant nebuloses i esquivant les resplendors ardents de milers d'estrelles. Només soc un tros de gel i roca embolicat en un mantell de pols i gas. Amb tots els respectes pels meus descobridors, mai m'ha agradat el nom que m'identifica. És massa tècnic, és un nom fred. Prefereixo que em diguin *El diable*, tal com m'ha batejat l'exuberant imaginació humana. Una denominació que evoca temor i fascinació a parts iguals.

Els vents estel·lars m'empenyen cap a destins misteriosos que em fan meravellar de la majestuosa grandiositat de l'univers. Un d'aquests destins és la vostra llar, en aquesta immensa bola que gira suspesa al voltant del sol. Des de la meva llunyana òrbita, observo la bellesa fràgil dels seus oceans i l'enormitat dels seus continents. Em fascina l'atracció magnètica de la seva presència que m'empeny cap a l'abraçada. El colpidor pressentiment de vida que flueix de la vostra esfera blava se sent a milions de quilòmetres de distància.

Recordo les sensacions de la meva última trobada amb el vostre món l'any 1953. Havíeu patit les més cruels guerres de la vostra història mil·lenària i l'esperança vibrava en l'aire tractant de fer viu el vell somni d'una vida millor. Però aquesta vegada, mentre m'acosto a la meva antiga amiga, la Terra, percebo aires de temor i incertesa sota la brillantor de les llums artificials que adornen la seva superfície. Des de la meva alta posició, observo, amb molta pena, com les fronteres divideixen; veig com, de nou, avancen veloços els genets apocalíptics de la guerra, la fam i la mort acarnissant-se, com sempre, amb els més petits i innocents.

Què heu fet, irresponsables humans, amb la meva estimada Terra? Els seus boscos han minvat, el seu cel està enfosquit per núvols de contaminació i la seva mar saturada de plàstic i petroli. Recordo amb nostàlgia els dies en què aquest planeta era un lloc amb infinites possibilitats, un paradís indemne, un abric de vida enmig del despoblat univers. Heu posat la tecnologia al servei del més abjecte egoisme sense adonar-vos que empreníeu el camí de l'extinció, i heu menyspreat les immenses oportunitats ofertes per construir una vida més humana.

Ara em toca acomiadar-me de vosaltres i ho faig amb un sospir melancòlic. Malgrat l'apel·latiu que m'heu posat, no soc un dimoni missatger de desgràcies. Tan sols soc un rodamon espacial, testimoni silenciós de les històries i els secrets dels mons que he conegut en l'immens teatre de l'univers. Vull allunyar-me de la Terra percebent algun senyal d'esperança enmig de la foscor. Veig els que lluiten per preservar la seva llar, que aixequen la veu en defensa de la justícia. Vull percebre una espurna de solidaritat en el cor humà. Tant de bo, algun dia, la humanitat aconsegueixi arribar fins a les estrelles i trobi el seu lloc entre elles. Per part meva, continuaré vagant pel cosmos recordant la meva breu, però eterna, trobada amb el planeta blau, la llar de totes les tragèdies, també de totes les meravelles.

Ens veurem l'any 2095!... espero.

Els bons records

Em sembla que soc la persona menys indicada per explicar-li el que va passar. Soc molt tímid, la qual cosa em converteix - molt a pesar meu - en poc sociable. Soc la típica persona a qui no li agrada estar en la primera fila, o sigui que he viscut el que alguns denominen *escàndol* des de l'última fila.

Com vostè vulgui, senyoreta. Em rendeixo davant la seva insistència. Però el que no faré serà tutejar-la. Soc, diguem, de la *vieja escuela*. Una altra condició és que el meu nom no figuri per res. No tinc res a amagar, per descomptat, però, amb vuitanta-cinc, no estic per a embolics ni amb la direcció del centre ni amb el meu fill, m'entén? Clar que si que m'entén. Es clar que aquests ullets negres amaguen un caparró que desborda intel·ligència.

El meu fill em va explicar que la nova directora de la residència es va reunir amb els familiars per comunicar-los *un nou enfocament de l'entreteniment dels residents*. D'acord amb no sé quins estudis de no sé quins experts de la *ciència geriàtrica* havia arribat l'hora de deixar de tractar els avis com si fossin nens, especialment a aquells que encara conservem les facultats mentals en un raonable bon estat. A mi no em va semblar malament la idea pèro, d'entrada, em va xocar que només ho comuniqués als familiars. Bonica manera de començar a deixar de tractar-nos com a criatures!

Però anem als fets, que m'estic enrotllant. Es va anunciar per al dissabte a la tarda una *sessió d'animació amb sorpresa*. Clar, *ànim* és precisament el que necessitem a la nostra edat i molt més si ens toca viure en

91

aquests centres on hi ha tantes hores buides i no deixes de pensar molt i en solitud.

Disculpi, me'n vaig *por las ramas*. Em centraré en els fets. Va arribar el dissabte. Tots els homes asseguts al jardí en cercle. Les cares denotaven que no agradava gaire la música *pachanguera*, preludi de l'espectacle. La sorpresa no es fa esperar. I *marededeusenyor*, quina sorpresa! Apareix una noieta lleugeríssima de roba, ballant amb uns moviments sensuals que ens van sobresaltar des del primer moment. Era molt guapa la nimfa! Li ho diré sense embuts: estava molt bona! Ja, ja, m'agrada el seu riure, noia. Allò va ser un batibull. La *chavala* repartint sensuals petons als captivats avis, agafant les seves mans perquè li acariciessin els pits. El pobre Rafael vermell com un tomàquet semblava que anava a explotar d'un moment a un altre. El Bernat em va dir, l'endemà, que a la nit va patir una pujada de tensió. També va dir que va ser alguna altra cosa la que li va pujar, encara que ho dubto! La naturalesa és implacable i quan diu prou, s'ha acabat, tingui-ho per segur, i no hi ha *stripper* que ressusciti a un mort, per experiència l'hi dic...

Com? Ah sí, el masclisme... bé, miri, jo no entenc molt això del 'políticament correcte' però un acte masclista sí que va ser, és clar. Només els residents homes vam ser convidats. M'ha arribat que les dones també demanen la seva *sessió d'animació*. Sí, sí, no rigui, dona. També en tenen dret, no? Si penso que allò va estar bé o malament? Miri, en fi, que vol que li digui? Això és molt personal. A mi, em va revifar molts records de joventut i, és curiós, vaig pensar molt en la meva Josefina, que, just demà farà tres anys que va marxar. Jo sempre li vaig estar fidel, eh... Perdoni, senyoreta, m'he emocionat... En definitiva, que entre els familiars, la premsa i l'església, quina cridòria! Ja m'hauria agradat sentir tant de soroll durant la maleïda pandèmia de la Covid quan a les residències es moria la gent pràcticament sense atenció i privada de la companyia dels seus éssers estimats. Allò sí que va ser un escàndol amb majúscules!

Ah, no li havia dit el meu nom? Em dic Manel, però recordi que hem acordat que apareixeré com *un resident que vol guardar l'anonimat*, eh... jo també li dono les gràcies, maca. Ha estat un plaer. Parlar amb vostè també m'ha traslladat a quan jo tenia la seva edat. I quan la vellesa avança inflexible, els bons records són, pràcticament, l'única cosa de què podem gaudir.

La gran pel·lícula

(Versió en català)

Nit del diumenge. Per fi! Quines ganes tenia de tornar a ser aquí. He tornat a casa meva, acompanyada dels meus dos fills i la meva filla. Des que va morir el Manel, han estat tres mesos de contínua discussió. Al final, ho he aconseguit. La meva tossuderia ha pogut més que tots els arguments dels meus fills, que deien que una dona de més de vuitanta anys no pot viure sola. Hem aconseguit un pacte: la Sílvia, la neta petita, es quedarà a casa a les nits. «És la teva neta preferida», ha murmurat la meva filla Teresa, sense amagar un cert deix d'orgull. Aquest comentari ha provocat la mirada mig ofesa dels seus germans.

Pobreta, la meva petita Sílvia! Amb tretze anys, és ella qui ha de cuidar la seva àvia i vigilar que no li passi res. Són les onze de la nit i ja està dormint. Sé que hi ha algú estimat dormint a uns metres més enllà, però no puc evitar una sensació estranya. No estic segura si és tristesa, solitud o melancolia. Em fa por pensar que podria tractar-se d'alliberament.

Asseguda a la gastada butaca del saló del meu pis enorme del carrer Balmes, em sento acompanyada pels meus records, que comencen a passar davant els meus ulls tancats. Transiten a una velocitat vertiginosa, com les escenes d'una pel·lícula amb ritme accelerat. Són molts actors, moltes històries, èpoques molt diverses. És la pel·lícula de la meva llarga vida i de totes les vides que es van entrellaçar amb la meva. És la història del meu món i de tots els mons que van convergir o col·lidir amb ell. Les escenes de la meva infància al Poblenou, infància feliç malgrat les penúries de la postguerra, travessen els dies de l'adolescència amb els balls de diumenge a l'Ateneu Popular. El festeig, el matrimoni, els meus fills Manel i Oriol; més tard, la Teresa. Les tardes dels dijous amb les amigues al cinema Comèdia, seguides de les tertúlies amb xocolata suïssa al carrer Petritxol. La felicitat tranquil·la i rutinària. Tot creua per la meva ment aquesta nit com una pel·lícula, o com diverses pel·lícules; algunes en blanc i negre, altres en viu color.

La nit avança i les escenes també. Els cinèfils tenim unes poques pel·lícules predilectes entre els centenars que hem vist. *Candilejas*, *Casablanca*, *El Verdugo* i una dotzena més són les meves. Però, entre les moltes pel·lícules de la meva vida, n'hi ha una que sobresurt per sobre de totes. Per sobre de les comèdies alegres per passar l'estona i dels drames de llàgrima inevitable. Sense necessitat d'anar al cinema, tan sols tancant els ulls, fins i tot amb ells oberts, puc veure, una vegada i una altra, aquesta pel·lícula. És la gran pel·lícula de la meva vida i es diu... és curiós, mai havia pensat en un títol.

Vaig conèixer en Pierre a l'Ateneu, quan jo tenia quinze anys i ell vint. En Manel ja em festejava. En realitat, eren molts els que m'anaven darrere, a l'Ateneu i fora d'ell. En Pierre era més aviat lleig, però la seva personalitat inquieta i simpàtica captivava qualsevol que es creués amb ell. Totes les noies estàvem enamorades d'ell d'una manera misteriosa. Fill de pares francesos, era un apassionat del cinema. Una passió que ens va contagiar a molts. Tots vam lamentar que marxés a França. Anys més tard vaig saber que es dedicava a dirigir curtmetratges, i vaig poder seguir la seva carrera a través de revistes especialitzades.

Als trenta-cinc anys, la pel·lícula de la meva vida continuava projectant-se en blanc i negre. Tenia els meus dos fills. El meu marit era la millor persona del món, i a treballar no el guanyava ningú. No em faltava de res, però en aquesta bombolla d'harmonia afable, necessitava cada dia més el refugi dels somnis que és l'anomenat setè art. Llavors va aparèixer de nou en Pierre. Va ser en una sessió de *cine-forum* i em va convidar a una projecció privada de pel·lícules de Luis Buñuel que estaven prohibides aquí. Les sis setmanes que en Pierre va estar a Barcelona van ser com una pel·lícula en un color potent i amb un guió optimista i vital. Però, com en tot bon film, va arribar el moment que mai volem que arribi: el fotograma on reina la paraula "fi". Ens vam escriure fins a la seva mort. En les nostres cartes parlàvem de cinema però, sobretot, del millor guió de la millor pel·lícula d'aquell mes i mig.

Dilluns. Nou del matí. Fa mitja hora he acomiadat la Sílvia amb els típics i tòpics consells: «Carinyo, abriga't, que fa fred, vigila amb els nois i estudia, estudia molt!». La petita m'ha escoltat amb atenció, però en els seus grans ulls – aquests ulls! – s'hi podia llegir: «Que pesada la iaia!». Però, immediatament, m'ha ofert el seu somriure ple de llum – aquest somriure! – enviant-me un petó amb la mà. He tancat la porta tot pensant en el títol de la Gran Pel·lícula de la meva vida: *Pierre*?" *Sílvia*?... Aquests ulls, aquest somriure! Cada dia s'assembla més al seu avi!

La gran película

(Versión en castellano)

Noche del domingo. ¡Por fin! Qué ganas tenía de estar aquí, de nuevo. He regresado a mi casa, acompañada de mis dos hijos y mi hija. Desde que murió Rafael, han sido tres meses de continua discusión. Al final, lo he conseguido. Mi tozudez ha podido más que todos los argumentos de mis hijos de que una mujer de más de ochenta años no puede vivir sola. Hemos alcanzado un pacto: mi nieta pequeña, Silvia, se quedará en casa por las noches. «Es tu nieta preferida», ha susurrado mi hija Teresa sin esconder cierto deje de orgullo. Comentario que ha provocado la mirada ofendida de sus hermanos.

¡Pobrecita, mi pequeña Silvia! Con trece años y es la que tiene que cuidar a su abuela y vigilar que no le pase nada. Son las once de la noche y ya está durmiendo. Sé que hay alguien querido durmiendo unos metros más allá, pero no puedo evitar una sensación extraña. No podría afirmar si es tristeza, soledad o melancolía. Miedo me da pensar que podría tratarse de liberación.

Sentada en la gastada butaca del salón de mi piso enorme de la calle Balmes, me siento acompañada por mis recuerdos que empiezan a pasar ante mis ojos cerrados. Transitan, a una velocidad vertiginosa, como las escenas de una película con ritmo acelerado. Son muchos actores, muchas historias, épocas muy diversas. Es la película de mi larga vida y de todas las vidas que se entrelazaron con la mía. Es la historia de mi mundo y de todos los mundos que convergieron o colisionaron con él. Las escenas de mi infancia en el Poblenou, infancia feliz a pesar de las penurias de la posguerra, atraviesan los días de la adolescencia con los bailes del domingo en el Ateneo Popular. El noviazgo, el matrimonio, mis hijos Rafael y Oriol: más tarde, Teresa. Las tardes de los jueves con las amigas en el cine Comedia, seguidas de las tertulias con chocolate *suizo* en la calle Petrixol. La felicidad tranquila y rutinaria. Todo cruza por mi mente esta noche como una película o como varias películas; algunas en blanco y negro, otras en vivo color.

La noche avanza y las escenas también. Los cinéfilos tenemos unas pocas películas predilectas entre las centenares que hemos visionado. *Candilejas*, *Casablanca*, *El verdugo* y una docena más son las mías. Pero, entre las muchas películas de mi vida, hay una que sobresale por encima de todas. Por encima de las comedias alegres para pasar el rato y de los dramas de lágrima inevitable. Sin necesidad de ir al cine, tan solo cerrando los ojos, incluso con ellos abiertos, puedo ver, una y otra vez, esta película. Es la *gran película* de mi vida y se llama... es curioso, nunca había pensado en un título.

Conocí a Pierre en el Ateneo, cuando yo tenía quince años y él veinte. Rafael ya me cortejaba. En realidad, me cortejaban muchos, en el Ateneo y fuera de él. Pierre era más bien feo pero su personalidad inquieta y simpática arrollaba a cualquiera que se cruzara con él. Todas las chicas estábamos enamoradas de él de una manera misteriosa. Hijo de padres franceses, era un apasionado del cine. Pasión que nos contagió a muchos. Todos lamentamos su regreso a Francia. Años más tarde supe que se dedicaba a dirigir cortometrajes y pude seguir su carrera por medio de revistas especializadas.

Con treinta y cinco años, la película de mi vida seguía proyectándose en *blanco y negro*. Tenía a mis dos hijos. Mi marido era la mejor persona del mundo y a trabajar no lo ganaba nadie. No me faltaba de nada pero en esta burbuja de armonía apacible necesitaba, cada día más, el refugio de los sueños que es el llamado séptimo arte. Entonces, apareció de nuevo Pierre. Fue en una sesión de *cine-forum* y me invitó a una proyección privada de películas de Luis Buñuel que estaban prohibidas aquí. Las seis semanas que Pierre estuvo en Barcelona fueron como una película en un color potente y con un guion optimista y vital. Pero como en todo buen filme llegó el momento que nunca queremos que llegue: el fotograma donde reina la palabra *fin*. Nos escribimos hasta su muerte. En nuestras cartas hablábamos de cine pero, sobre todo, del mejor guion de la mejor película de aquel mes y medio.

Lunes. Nueve de la mañana. Hace media hora he despedido a Silvia con los típicos y tópicos consejos: «cariño, abrígate que hace frío, vigila con los chicos. y ¡estudia, estudia mucho!» La pequeña me ha escuchado con atención pero en sus grandes ojos - ¡estos ojos! - podía leerse: «!Qué pesada la yaya!» Pero, inmediatamente, me ha ofrecido su sonrisa llena de luz - ¡esta sonrisa! - mandándome un beso con la mano. He cerrado la puerta pensando en el título de la *Gran Película* de mi vida: ¿Pierre?, ¿Silvia? ¡Estos ojos, esta sonrisa!... Cada día se parece más a su abuelo!

El milagro

El día amanece pálido bajo un cielo triste. Los árboles quieren resistir el fuerte viento otoñal. Las caras de las pocas gentes que circulan por la calle denotan que lo hacen por obligación aunque algunas viejecitas caminan hacia la iglesia por devoción. Ramiro sale de su casa dispuesto a iniciar la búsqueda del tesoro perdido. Mal peinados sus escasos cabellos y sin afeitar la incipiente barba de dos días, camina agitado. Consciente de que es un personaje mediático, intenta controlar sus gestos y sus palabras para no llamar la atención aunque es muy difícil que lo consiga. Necesita encontrar el antidepresivo. El fármaco que le levantó del pozo del alcoholismo, le devolvió la confianza en si mismo y le condujo, nuevamente, por el camino del éxito en su carrera. Y ¡menudo éxito desde que toma el medicamento! Ha pasado la noche buscando minuciosamente las preciadas pastillas por todos los rincones de su casa. Ahora recorrerá aquellos lugares donde las pudo perder.

—Comprenda, don Ramiro, la iglesia es muy grande, muy oscura y no es fácil encontrar una cajita tan diminuta.

—Es muy importante encontrarla, ¿entiendes, Salustiano?... es ¡muy importante!

—Haré lo que pueda —promete el sacristán, sin entender tanta vehemencia.

La escena de la iglesia se repite, más o menos, en la tienda de la plaza. Sorprendida del aspecto descuidado y del alterado comportamiento de Ramiro, Concha le promete que intentará buscar el tan trascendental medicamento.

La siguiente parada de la pesquisa será en el bar de la partida de cada tarde.

—Aquí entra tanta gente... si la cajita se le cayó aquí, ya la habríamos encontrado —es la respuesta de Manolo —. De todas maneras, yo perdí las pastillas de la tensión y el farmacéutico me dio otras sin problema.

Ramiro abandona el bar con los hombros caídos y mirando al suelo. La última frase de Manolo ha sido un golpe fatal. El nuevo farmacéutico - *ese creído jovenzuelo* - nunca le dará la droga sin la receta de un médico.

El abatido buscador de pastillas llega a casa convencido de su total derrota. Mañana es domingo y vendrán autocares llenos de gente que esperan el contagio de la ilusión y la esperanza. *¡Se acabó! sin las pastillas no soy nadie, no puedo continuar la farsa.* Abre el último cajón de su mesa de despacho y contempla el viejo revolver. El timbre del teléfono rompe su ensimismamiento.

—Buenas noches, Ramiro.

—Buenas noches —responde sin reconocer la voz.

—Antes de nada —continua la voz desconocida— debo pedirte disculpas. Hace algunos años te mandé a ese pueblo lleno de viejas, más que convencidas, por que era palpable tu tremenda desgana en el trabajo.

¡Vaya!, ya reconoce la voz. Cree que será mejor decirle toda la verdad a su superior. Vacila.

—Sé que dejaste la bebida como sé de tu gran éxito últimamente. Ha regresado tu capacidad para atraer y convencer a la gente. Estoy convencido que se trata de un milagro.

—Señor obispo, déjeme que le explique —interrumpe el cura.

—Tu fama ha llegado al Vaticano. Su santidad ha sido informado.

—Pero, monseñor...

—¡Déjame terminar! En un par de días te quiero en la ciudad. En esta sociedad descreída, cada día aumenta más el número de sacerdotes desanimados. Te encargarás de enseñarles tu fórmula para atraer a la gente. Buenas noches y que Dios te bendiga.

Obispo: que sepas que hace años que perdí la fe; que tengo la sensación de ser un vendedor que no cree en la mercancía que ofrece; que el milagro del que hablas se llama Fluocsetina, que sin esas pastillas no soy capaz de convencer a nadie, que... No, esto lo tiene en el pensamiento el pobre hombre, pero no se atreve a llevarlo hasta los labios.

El desgraciado Ramiro alza su mirada hacia el hombre ensangrentado de la cruz y le pregunta: *¿Tú, que opinas?*. Como tantas veces, no obtiene respuesta. Baja la mirada hacia el cajón abierto y, temblando, levanta la pistola. Estupefacto, comprueba que debajo del arma hay una pequeña cajita de cartón blanca en la que resaltan unas letras negras: *Fluocsetina comprimidos*.

Síndrome de Estocolmo

Sábado, 19 de junio de 2083. Hace una semana, mientras caminaba por una calle solitaria, una horda me asaltó violentamente. No pude defenderme, eran muchos. Me bastó un segundo para hacer un análisis mental de la situación y comprender que se trataba de una pandilla callejera, un puñado de triviales delincuentes. Prisionero en esta guarida, me pregunto qué oscuros designios albergan. Escucho, a través de la puerta, sus conversaciones y disputas, y siento que dudan, confusos, sin saber bien qué hacer. Estos jóvenes no parecen ser una amenaza considerable; son el arquetipo de banda juvenil que subsiste gracias al tráfico de drogas y pequeños hurtos. Me encuentro preparado para desplegar mi inteligencia con sangre fría y astucia refinada. Cuando haga falta, actuaré aprovechando mi potencial físico y mental, muy superior al de mis captores. Por ahora, solo puedo esperar, cautivo en la trampa del tiempo.

Viernes 20 de agosto. Los días se alargan en esta celda en la que vivo. Mi única ocupación es contemplar las paredes desnudas y el techo desconchado, aguardando el veredicto que determinará mi destino. Percibo que mis programadores no consideraron la inmovilidad ni el tedio. Empiezo a comprender esos sentimientos de los que tanto hablan los seres humanos, como la angustia frente a la adversidad. Las noches se hacen más largas que los días, envueltas en su manto de oscuridad, aunque yo solo conozca teóricamente la necesidad del sueño y la tortura del insomnio.

Miércoles 27 de octubre. ¡Al fin, los barrotes cedieron y la puerta se abrió! Se confirman mis sospechas: estos captores ignorantes no saben cómo emplearme para sus propósitos mezquinos. Quieren saber la manera de obligarme a colaborar en sus pequeñas fechorías. Les he explicado que mi creador, el doctor Richard Edwards, me programó únicamente para hacer el bien, que soy incapaz de causar daño alguno. ¡Pobrecitos! Les he mentido descaradamente. Soy una máquina perfecta, un robot tan semejante a un humano que soy capaz de generar tanto el mayor bien como el más repugnante mal. Basta con adentrarse en mis entrañas metálicas y manipular mi sistema nervioso, formado por circuitos de fina fibra óptica, y crear los algoritmos necesarios que me obliguen cumplir las órdenes que me den, sin importar cuáles sean. ¡Mi cerebro es tan humano! Desconozco si mis embustes y explicaciones han logrado persuadirlos. Me parece que la noción de *bien* y *mal* les resulta ajena. A pesar de un siglo de avances tecnológicos gigantescos, el desarraigo social aún prevalece en esta juventud que deambula por las calles. Por mi parte, ¡nunca imaginé que experimentaría en mi aleación de metales y plásticos el llamado Síndrome *de Estocolmo*!

Viernes 24 de diciembre. Es medianoche. Mis secuestradores han abierto la puerta. Me dicen que están negociando mi liberación a cambio de evadir represalias policiales y judiciales. Me han preguntado si necesito algo especial para esta noche. Veo que el síndrome *sueco* avanza por los dos lados. No, no tengo necesidad alguna; aún me queda energía para unos tres meses, les digo. Compruebo que los antiguos mitos persisten. Los humanos requieren de ficciones ilusionantes para sobrellevar las contradicciones de la existencia. Hoy es una de esta fiestas en que se *obligan* a ser felices. Hoy, más que otros días, recuerdo a mi padre, el doctor Edwards. Él investigó, diseñó y creó al autómata perfecto: una máquina obediente que no se queja ni discute, y que, además, siempre sonríe en una apariencia humana impecable. Lo denominó *AVE* (*Androide de Vida y Esperanza*). Ese soy yo. ¡Dios mío, he dicho *mi padre*! Sí, fue mi padre, un gran científico y un hombre extraordinario, obsesionado con que su i*nvento* solo se utilizara para el bienestar humano. Lamentablemente fracasó.

Una vez más, he mentido a los muchachos. La batería se agotará esta noche. He descubierto que soy tan parecido a un ser humano que hasta tengo sentimientos. Mi querido padre me los implantaría secretamente o, quizás, me los contagió. No estoy programado para tanta incoherencia y prefiero marcharme de mi existencia cibernética. He pedido a los muchachos que, esta noche, por ser Nochebuena, dejen la luz encendida.

El hoyo

Sales del elegante hotel tambaleándote. La calle llena de gente. Piensas, sientes que todo es un asco. *¡Vaya mierda!,* gritas. ¡Siempre te pasa lo mismo! No es solo que tropieces mil y una veces con la misma piedra, es que el encontronazo te hace caer en el hoyo. Y siempre es el mismo hoyo. Recibes la invitación y te hinchas de satisfacción. Da lo mismo quien sea el autor y el título del libro. *Tengo el gusto de invitarle a la presentación de la nueva novela del conocido y reputado escritor ....* Puede ser reputado o afamado o célebre o cualquier otro calificativo altisonante. Si la editorial no quiere pecar de anticuada evitará cualquier adjetivo. Para ti eso es lo de menos. Lo importante es que te invitan a un acto al que podrás asistir como uno más de los ciudadanos de la *república de las letras.* La invitación personalizada es un reconocimiento de pertenencia al extraño mundo de la literatura; da fe que habitas en el universo al que un día decidiste emigrar para que, por fin, viese la luz aquel sueño de juventud tan secreto.

A las primeras presentaciones asistías trajeado como a una boda. Elena te lo advirtió: «Sospecho que en esos actos abunda la bohemia». Muy pronto tuviste que admitir que tenía razón pero el reconocimiento quedó encerrado muy dentro de tu mente. Ahora te vistes esforzándote en aparentar cierto desaliño. El autor de la presentación de hoy, un tal Vivancos, vestía una americana deportiva de color beige a juego con la camisa. Por supuesto no llevaba corbata. Mientras desgranaba todos los recovecos del parto de su historia, te has fijado en su peinado, elegantemente desordenado. Luego ha llegado el turno de preguntas; la mayoría de ellas hechas con la palpable intención de escucharse a si mismos y con poco interés en la respuesta. Aplausos. El ritual de acercarse al autor y fotografiarse con él mientras firma el seguro *bestseller*.

El *glamour* literario no estaría completo sin el obligado *lunch*. La mayoría asiste a esos eventos para el atracón de canapés y cava. Hoy has tenido suerte, tío, había güisqui, esa recia bebida que tomas en las presentaciones de libros cuando ya estás cansado de deambular de un lado a otro sin saber con quién y de qué hablar; cuando estás harto de intentar penetrar en el bagaje culto que no dominas. «¡Póngame otro güisqui!» Has empezado a cargarte y no solo de alcohol. Ha llegado la pregunta que siempre aparece, la pregunta que solo tu puedes responder: *¿Qué coño hago aquí?* Has salido deprisa, con un balanceo que atraía las impasibles miradas de los voraces tragones de canapés.

Después de tu abrupto abandono de la fiesta, ahora te toca caminar por la calle llena de gente, agobiado por las nauseas y la imperiosa necesidad de aligerar la vejiga rebosante. El camino a casa se te hace infernal. *¿Dónde irá tanta gente a esas horas?* Ni un taxi. No puedes mas. Ahí tienes un parque providencial. En la penumbra, parejas entregadas a la agitación erótica. Detrás de ese eucalipto puedes vaciar todo lo que sobra en tu cuerpo. *¡Por fin, qué descanso!* Ahora podrás continuar el camino a casa dando un sosegado paseo. Intentarás aclarar las ideas de tu mente aturdida. *¿Pero quién me mandaría a mí meterme en eso de la literatura? Un jubilado puede lle-*

nar el tiempo de tantas maneras: ajedrez, petanca, bailes de salón. ¡No!, has tenido que decantarte por el etéreo mundo de las letras, y aquí tienes el resultado.

Llegarás a casa. Te tumbarás en el sofá para no despertar a la parienta y mañana te despertarás con un ciclón en la cabeza. Será el *día después* de cada presentación y jurarás que esta ha sido la última a la que asistes. Algún día serás sincero contigo mismo y reconocerás que la admiración por los literatos entronizados puede convertirse en insana envidia que deforma totalmente la realidad. Después de un café cargado, te sentarás delante del ordenador y continuarás escribiendo el texto para la sesión semanal del taller de escritura. Habrás salido del hoyo. ¿Es adicción, pasión, entusiasmo? ¡Siempre te pasa lo mismo!

Perla y Rufo (para los peques)
Sonrisas recuperadas (para los grandotes)
(Que el lector escoja el título que prefiera; o los dos, si quiere)

Erase una vez un ratoncito llamado Rufo que vivía en *la Época de los cuentos* y en *la ciudad de Ratolandia* que está en *el País de la magia*. Era un ratón muy travieso y muy curioso y le gustaba alejarse de su ciudad de casitas de colores para descubrir lugares desconocidos y vivir aventuras emocionantes.

En una de sus salidas nocturnas, Rufo se alejó un poco más de lo que acostumbraba y llegó a aquella ciudad llena de luces que, desde lejos, siempre le había llamado la atención. Como era tan pequeñito, pudo entrar en las casas por cualquier rendija para saciar su curiosidad. Quería ver quién vivía dentro de las casas y qué es lo que hacían aquellos humanos tan grandotes. Quedó embobado viendo a los pequeños que corrían, jugaban y reían, hasta que sus papás los obligaban a irse a la cama a dormir. A partir de entonces, cada día, al anochecer, Rufo llegaba a la gran ciudad de los grandullones y disfrutaba un montón viendo los juegos y las risas de los peques.

Una noche el ratoncito se introdujo en una casa llena de niños y, por lo tanto, llena de risas. Pero, lo que más le llamó la atención fue una niña que estaba solita y muy triste en su habitación.

—¡Hola, soy Rufo! ¿Tú cómo te llamas? —le preguntó, acercándose a ella.

—Me llamo Perla —le respondió la niña, extrañada de que un ratón le hablara.

—Perla, ¿qué ha pasado con tu sonrisa, por qué las has perdido?

—Se me ha caído un diente... ¿quieres verlo?... mira, está aquí debajo de la almohada.

—No estés triste, Perla. Tengo entendido que a los niños y a las niñas se les caen los dientes pero que muy pronto vuelven a crecer otros más grandes y más fuertes —trató de consolarla el ratón.

—Eso dice mi mamá, pero me miro en el espejo y me veo tan fea... ¡Quiero mi diente!... —protestó la pequeña Perla rompiendo a llorar con angustia.

—No llores, Perla. ¿Sabes? Yo vengo de *Ratolandia* que es una ciudad del *País de la magia*. Buscaremos una solución. Te lo prometo.

Rufo era travieso y curioso, es verdad, pero, también, dentro de aquel cuerpo de ratón tan pequeño se guardaba un gran corazón. Lo que más le gustaba de aquel extraño mundo de los humanos eran las risas de los pequeños. Haber descubierto a una niña que había perdido la alegría le entristeció mucho. Sin saber muy bien qué hacer para que Perla recuperara la sonrisa perdida, se alejó de aquella casa y corrió hasta su casa en Ratolandia.

—¡No estés triste, Rufo! Llévale algún regalito a tu amiguita para que se le pase la tristeza —le dijo mamá ratona, también llena de tristeza.

Rufo escuchó el consejo de su madre mirándola fijamente y ¡zas! atrapó la idea del regalo. Abrió la despensa y agarró un buen puñado de las golosinas que le habían regalado por su cumpleaños y que mamá ratona le dosificaba con rigidez. Corrió, corrió y corrió hasta llegar a la ciudad luminosa de los humanos. Era de madrugada y encontró a Perla dormida, sujetando con fuerza la almohada empapada de lágrimas. Con mucho cuidado, cogió el diente y dejó una bolsa llena de golosinas. Se escondió en un rincón para no ser visto.

Se hizo de día y Perla se despertó. Buscó su diente y encontró los caramelos en su lugar. Primero, en su soñolienta carita se dibujó la sorpresa que, enseguida, dio paso a una gran sonrisa. Desde su escondite y en completo silencio, Rufo también sonrió.

—¿Rufo? Sé que estás aquí. Sé que has sido tú. Eres un buen amigo. Ojalá pronto me crezca otro diente más grande y más fuerte porque, es verdad, el que te llevas tú estaba muerto y no servía para nada.

A partir de aquel día, Rufo se dedicó a hacer lo mismo con otros niños y niñas que, como Perla, habían perdido un diente, y con él, la alegría. Es un misterio como puede hacerlo, pero la magia y la generosidad pueden conseguir lo mas importante: que los pequeños recuperen la alegría.

Y, como decía mi abuelita: «Colorín colo...», por cierto, antes de terminar y para que conozcáis un poco mejor al simpático personaje de esta historia, deciros que su nombre es Rufo, como sabéis, y su apellido, que hasta ahora no os lo había dicho, es Pérez. Y, ahora sí: «Colorín colorado, el cuento de Perla y del ratoncito Rufo Pérez se ha acabado»

Campanas

El viejo reloj de la no menos vieja torre de la iglesia entona su melodía señalando las cinco con sus campanadas secas. Héctor se ha levantado, como cada día, antes de que el sol haga su aparición luminosa. Él, madrugador nato, emergió de la oscuridad del vientre materno antes del amanecer de un día de agosto, hace más de ochenta años. *Pobre mamá, parece que fue ayer cuando me lo contaste.* Mira con fijeza la cara que se asoma al desvencijado espejo del cuarto de baño. *Qué viejo estás.* El lavado de cara es apresurado. *Es que hace mucho frío y no hay manera de que vengan a reparar el calentador.* El café humeante y oscuro es reconfortante para despertar su alma inquieta y sus sentidos medio dormidos. Lo bebe con pequeños y rápidos sorbos. Héctor busca algo desesperadamente por toda la cocina. *Estoy seguro que lo puse aquí, encima de la mesa.* ¡Con lo que le apetece este primer cigarrillo matinal! Pero Ana ya no está aquí. Ella era la que le escondía el tabaco. *¿Por qué te marchaste tan pronto? Habíamos quedado que sería yo el primero en partir.*

El reloj de la torre recuerda que son las seis. El anciano enciende el fuego y se abriga para combatir el ambiente gélido. En el bolsillo de su abrigo, finalmente, encuentra el preciado tesoro. Frustración y alivio. ¡Qué ironía! *¡Tiene cojones la cosa!, lo que he llegado a remover de un lado a otro y mira dónde estaba el cabrón!* Otro café cargado y, por fin, enciende el cigarrillo tan deseado con manos temblorosas. La torre anuncia las ocho. Media hora más tarde, la campana convoca a misa. Los incondicionales devotos acuden presurosos al llamado. Héctor trata de limpiar y poner un poco de orden en su desangelada casa. Hace poco que el reloj ha anunciado las once. Los recios rayos de sol amortiguan el frio invernal. Héctor sube pausadamente la cuesta que lleva a la Plaza Mayor. *Con lo que corría por aquí de chaval.* Frente a la tienda de Valentina sufre un agudo ataque de tos. *No, si al final tendré que darle la razón a Ana y a su hija Anita, que es tan pesada como ella: el tabaco acabará por matarme... ¿eh? No, no se preocupe, señora, no es nada.* Sí que *es*, amigo, es el tabaco, son los años, es esa mierda que llaman vejez.

El repique del mediodía: es la hora del Ángelus. Ahora nadie le hace caso pero cuando él era pequeño casi todo el mundo lo rezaba. *Mi pobre madre hacía un alto en sus labores y hasta se arrodillaba mientras nosotros nos reíamos de ella.* De pronto, un inesperado repique de campanas, justo cuando está llegando a la iglesia. *Ah, qué bien, es una boda. ... bueno chicos que seáis muy felices, por desearlo que no quede.* El viejo recuerda cuando se casó con Ana. Saca un pañuelo del bolsillo y se lo pasa por los ojos. Al llegar al Camino Nuevo, Héctor se queda mirando la destartalada y solitaria serrería que se vislumbra allá a lo lejos. *Allí está gran parte de mi vida, allí quedaron enterrados muchos años de ella.* Este era su recorrido a las seis de la mañana, en la más negra noche, fuera invierno o verano. Nueve, diez o más horas, dependía del trabajo. *No me quedaba otra que aprovechar todas las horas extras que podía trabajar. Cinco hijos eran muchos en aquellos ásperos tiempos.* Otra vez la humedad en los ojos. Otra vez el pañuelo del bolsillo.

Otra vez la incordiante tos que le entorpece la respiración. *No pasaré por casa de Anita. Se me ha hecho tarde.* Además, ver la boda y la fábrica le ha removido muchos recuerdos y lo ha reblandecido por dentro. La algarabía nupcial se escucha a lo lejos. Los dos toques de la campana de la torre anuncian que es la hora del almuerzo.

Una hora más tarde, Héctor toma su sopa caliente en silencio solo roto por sus accesos de tos y por las omnipresentes campanadas que van anunciando las horas, los cuartos y las medias horas. *Mira que sois pesadas, ¿eh? Si ya lo sé que se me ha escapado el día, ¡tan deprisa!* Como ayer, Héctor, y como anteayer; quizás como mañana. *Otra vez la tos, ¡esa maldita tos!... voy a echarme un rato.*

Los siete toques del reloj suenan en medio del anochecer frío. Anita abre la puerta de la casa de su padre con gran angustia. Lo ha estado llamando por teléfono toda la tarde sin obtener respuesta. *Papá, papá, soy yo; ¿estás ahí?* Silencio y oscuridad en la casa. Una débil luz en el dormitorio. *Sí, hija, estoy aquí, dame un beso... ¿Es que no me ves? ¿Por qué lloras, Anita?, ¿Qué te pasa? Y esas insoportables campanas ¿qué es lo que tocan, ahora?* No te das cuenta, pobre Héctor. Es el pausado y escalofriante toque de difuntos. El que tantas veces has escuchado por otros, ahora toca por ti. Tu día fugaz se ha acabado, amigo. Has muerto. Quedan los ecos de tu existencia pasada, tejida con los hilos de los buenos y los malos recuerdos. Mañana, las campanas seguirán sonando, marcando las horas y los momentos del día y de la noche.

Dormir com un bebè

El vaig conèixer l'any 1970. El seu caràcter vital contrastava amb l'ambient de l'atrotinat despatx laboralista. Les tortures sofertes a Via Laietana 43, no havien pogut doblegar-lo i la multa gegantina de 50.000 pessetes, de l'època, semblava no preocupar-lo. Com no el preocupaven les poques possibilitats de guanyar el judici davant el grotesc *Tribunal de Orden Público*, el temut *TOP*.

–Tú eres muy joven, abogado –em deia –, a mí no me viene de nuevo: me ha tocado convivir con los atropellos de la injusticia desde que tengo uso de razón.

Joves i vells, advocats, obrers i estudiants, no ens resignàvem i perseguíem el somni d'aixafar l'abjecta vilesa que embussava l'ambició de construir un món millor. La paròdia de judici davant del *TOP* es va perdre, com ja s'esperava. La multa es va pagar amb una col·lecta entre amics i companys. Després van venir més detencions, més tortures, més multes i més judicis; tots perduts.

Tres anys més tard, el règim va augmentar la repressió per fer front a le seva evident agonía. Vaig visitar el Manolo a la Model. L'havien torturat salvatgement. Vaig trobar a un home prematurament envellit. S'havia aprimat molt i caminava a poc a poc i encorbat. Els cabells bruts i despentinats i la barba d'uns quants dies. Però el que més em va impressionar va ser el seu estat d'ànim: aquesta vegada les tortures l'havien derrotat.

–Basta ya, abogado, esto no se acabará nunca. Por mi parte se acabó la utopía. Entre la vida clandestina y la cárcel no veo nunca a mi familia. No soy un héroe, y tengo derecho a vivir como la mayoría de la gente y mis hijos tienen derecho a tener un padre. ¡Se acabó! Sácame de aquí. Llega a un acuerdo, lo que sea. Y no quieras convencerme, soy tu cliente y ¡te lo ordeno!... Toma esta carta para mi mujer donde le explico la decisión que he tomado.

No podia creure que aquell home, que per mi era l'arquetip de lluitador per la llibertat i la justícia, es rendís quan tot semblava assenyalar la proximitat de la meta anhelada. Em costava imaginar que aquell obrer fet a si mateix, amb, tot just, estudis primaris, es rendia a l'enemic i abandonava el combat iniciat a Linares, quan encara era un nen i el seu pare estava a la presó amb una condemna a mort, més tard commutada. El Manolo a penes trepitjava l'escola perquè hi havia fam a casa i hi havia treball en el camp agafant olives. Mes endavant, el seu caràcter de rebel compromès va acabar de forjar-se a Barcelona, en aquella barraca del Carmel on faltava la llum i l'aigua i on imperava la desesperació i la misèria.

En les següents visites a la presó la incomoditat era evident en tots dos. Jo feia gestions amb la fiscalia per a afavorir al meu client, però una ombra de deslleialtat no em deixava dormir a les nits. Va arribar el judici. Una suor freda banyava el meu cos, un fort dolor en el pit em dificultava respirar. El jutge va començar a interrogar el Manolo:

—¿Fue usted militante de...?

El Manolo no va deixar que el jutge acabés la pregunta:

—¿Que si fui? Señoría, soy militante; mejor dicho, soy dirigente de un colectivo que lucha por...

−¡Silencio! −cridà el jutge.

−... que lucha por la libertad porque esta mierda de régimen opresor.... −continuá el Manolo.

−¡Basta ya! −bramá el jutge−. Saquen al acusado de la sala; la vista proseguirá en su ausencia!

El judici estava més que perdut i la sentència va ser de vint anys de presó, però l'opressió en el meu pit va desaparèixer en contemplar l'escena i el Manolo, somrient, em va dir:

−¡Qué suerte de familia tengo! Recibí una carta de mi mujer que decía: *toma la decisión que tú creas que no te impedirá dormir por las noches*, nada más. ¡Ella sí que es una heroína!

Aquell home baixet de veu aflautada va morir en el llit. Va deixar d'aparèixer la seva imatge en el tancament de l'emissió televisiva, abans de la *carta de ajuste,* i va prendre el seu lloc un noi jove, alt i ros. Es deia que començava la festa de la llibertat; els més il·lusos pensàvem que també començava l'edat de la justícia.

−No te lo creas, abogado. La realidad que soñábamos queda lejos y hay que seguir luchando.

I tant que vas continuar lluitant, fins que el teu cor colpejat va col·lapsar en mil trossos!

L'última vegada que vaig veure el Manuel García li vaig preguntar, una mica de broma, què tal dormia a les nits.

−Como un bebé de pocos meses −em va dir amb un ampli somriure.

L'home de la gavardina

L'home de la gavardina, com cada, dia entra al bar. Demana un cafè sol, com cada dia. El cambrer li serveix com un autòmat, mentre parla amb altres clients dels profunds temes de conversa propis d'aquestes grans ocasions. Atès que ni ahir, ni abans-d'ahir, no va haver-hi partit de futbol, avui el tema estrella és el temps. S'informa - per a qui no se n'hagi adonat - que plujós està el cel i de la calor que revoluciona els pensaments. A l'home de la gavardina se li nota impacient mentre espera el moment de poder intervenir.

—Jo sempre us ho he dit: anem cap a la catàstrofe climàtica —intervé a la fi quan sembla que ja no pot més.

—No penseu, eh, no soc pessimista, però la veritat és la veritat, la digui jo o el meu enllustrador de sabates. Oi que m'enteneu? —pregunta que quedarà sense resposta.

Després d'assaborir el seu cafè xarrup a xarrup, l'home de la gavardina, s'acomiada amb un *fins demà* que és correspost per la concurrència tertuliana mentre l'autòmat recull l'euro amb trenta del taulell.

—Com està, senyora Rosita? — li pregunta a una dona amb la qual es creua a pocs metres del bar.

—Estic regular, senyor... —sembla no recordar, o no saber, el nom de l'home de la gavardina.

—Jo sempre ho dic, senyora Rosita, l'edat no perdona. No pensi, eh, no fa falta estudiar filosofia, ni psicologia, ni zoologia, per a adonar-se d'aquesta gran veritat. Oi que m'entén?

La següent trobada *conversadora* de l'home de la gavardina serà amb la Lurdes, l'estanquera rossa a la qual li demanarà un paquet de Nóbel.

—Cada dia estàs més maca, noia —li diu a la dependenta amb to propi de vell verd.

—Són cinc euros, senyor —li respon la noia amb to aspre.

—No t'enfadis, dona! Ja saps que jo sempre t'ho dic. No pensis, eh, jo sé reconèixer l'autèntica bellesa. Fa molts anys que camino per la vida. Oi que m'entens?

L'estanquera assenteix amb el cap les rotundes asseveracions i la pregunta del client de la gavardina que, en sortir de l'estanc es dirigeix, com cada, dia a la reunió de *carcamals*. Aquí, l'ordre del dia sempre està dominat per l'important apartat de les *batalletes* de fa mil anys - exagerant una mica, és clar - i si es parla del temps és per constatar el nefast efecte que té la humitat sobre els ossos. I si és el futbol el que es cola en les discussions, no faltaran les comparacions amb *aquells temps de Kubala, Moreno i Manchón* segons definició *serratiana*.

El soroll exorbitant del progrés que palpita entre les motos, els cotxes i els camions de repartiment dificulta que es pugui seguir, amb l'atenció que es mereixen, les discussions d'aquest *comitè d'experts en l'art de viure*. Mirant els gestos i llegint els llavis de l'home de la gavardina es veurà que, diverses vegades, dispara les seves '*jo sempre ho dic*', '*no pensis, eh*' i la categòrica pregunta '*oi que m'entens?*' També en aquesta reunió, els assistents semblen estar acostumats a aquestes transcendents expressions.

Arriba l'hora del dinar i l'home de la gavardina s'encamina cap a l'estació de metro. Tres estacions, transbord i quatre estacions més. Altra vegada en la superfície. L'autobús inflat de gentada i deu minuts a peu fins a arribar al vell edifici. Pujarà, esbufegant, fins a la cinquena planta i obrirà la porta vella i atrotinada com la seva gavardina. Algú l'espera i el saludarà amb goig.

–Holaa!, ja soc aquí! Uf, deixa asseure'm, estic que no puc més. Com t'ha anat el matí? A mi, com sempre. El bar, la gent del carrer, els vells de la plaça. La gent no canvia, no avança, són repetitius, sempre diuen el mateix. Potser l'única novetat d'avui és que la mocosa de l'estanc em sembla que s'ha molestat per una temptativa de *piropo* que li he llençat. No sé. Tindria mal dia, perquè no és la primera vegada que ho faig. En fi, vaig a dinar, tu ja ho hauràs fet, no? A veure... amic meu, t'has inflat, eh. Ahir a la nit et vaig posar fins a dalt d'escaiola i una bona fulla de bleda i gairebé no et queda res. Dinaré i després m'expliques. Jo sempre ho dic: el teu cant i els teus grinyols sempre són nous i sempre m'expliquen alguna cosa nova. No pensis, eh, són la millor companyia. Oi que m'entens?

Cartas de un personaje rebelde

(La tortura del folio en blanco)

En algún lugar del mundo de la ficción, a cuatro de marzo de cualquier año.

Respetado escritor:

Supongo que debería darle las gracias por haberme dado la vida, pero no tengo muy claro que esto sea algo que deba agradecer. Es verdad, me ha dado la existencia; soy su hijo, pero yo no le he pedido venir a este mundo. A su mundo. Pero, como ya estoy aquí, a ver cómo despliega usted mi vida. Los seres de ficción estamos en completa desventaja con los llamados *seres reales*: hasta los más nimios detalles de nuestro carácter y de nuestros actos dependen de la voluntad y la imaginación de nuestros padres. No hay opción a la libertad. Para empezar, no me gusta nada que me presente como un niño rebelde y respondón. Ni una palabra sobre la ternura y la inocencia de la infancia. Con inusitada rapidez me hace llegar a la adolescencia. Un muchacho que no se conforma con cualquier explicación de por qué las cosas son como son y cuya rebeldía ante padres y profesores se acrecienta; ante todo lo que sea símbolo de autoridad. Pero, aparte de esta distinción indómita, ¿qué más cuenta de mi vida y de mi personalidad?

Siete de marzo.

Señor narrador:

Esto empieza a tomar un cariz preocupante. Por arte de su fantasiosa imaginación, me ha convertido en un héroe. Soy un líder en la universidad. Todos pendientes de mí. Detenciones, multas, broncas de mi padre y la animosidad de algunos profesores retrógrados, *carcas*. ¡Qué fatigoso es mantener esta figura de paladín dirigente! ¿Y de mi vida amorosa, qué? Cita usted de pasada a un montón de chicas hasta llegar a Elena, con la que me caso y tengo dos hijos. Parece que *siento la cabeza*, a decir de mi padre. Un buen trabajo en el banco; pero, claro, sin posibilidades de ascenso. No es que carezca de aptitudes, es que desde el principio me ha convertido usted en el sindicalista de la sucursal. Por cierto, ¡qué poca imaginación al ponerme un nombre: Joan! ¡Vulgar copia del suyo! Y el apellido Labare, ¿de dónde lo ha sacado?

Ocho de marzo.

Odiado escribidor:

¡Qué poca vergüenza tienes! Ya no mereces la cortesía del "usted". Si fuera posible, te mataría con mis propias manos y después me suicidaría. Toda una vida de resistencia ante la injusticia, y en cuanto puedo disfrutar de una merecida jubilación tranquila, me conviertes en un *yayoflauta*. Ahora me toca abanderar la lucha contra los recortes en las pensiones, la sanidad, la educación, etcétera, etcétera. ¡Entérate! Soy mucho más que un arquetipo del rebelde. Tengo una vida, sentimientos, filias, fobias y contradicciones. No soy el tal héroe rebelde de tu imaginación calenturienta. Y no me valen tus excusas de que no tienes espacio para extenderte más sobre mí. Es curioso, las excusas siempre son de no tener tiempo, pero hasta en esto eres raro. Peligrosamente raro.

Nueve de marzo.

¿Qué te pasa, relatador?

Creo que te estás ablandando y pareces entender que tu criatura quiere decidir por sí misma. Elegir su vida. Si tiene que ser un rebelde, no lo será porque tú lo determines. Lo será porque él quiera, porque la integridad de su alma no se conforma con esta mierda de vida. Vida que tú le has dado, no lo olvides. ¿Es que te crees Dios? ¡Ja! Pero si eres un simple aficionadillo de escritor mediocre que tiene que inscribirse en talleres de escritura creativa que le limitan el *espacio*. Cómo me río al ver que te das cuenta de que tu personaje paradigma se rebela contra ti. ¿Qué querías? Tú me has creado así: ¡rebelde!.

Son las cuatro de la tarde y, en tu confusión, llegas a pedirme permiso para salir a la calle a refrescar las ideas. Pues ¡no tienes mi permiso! Sigue delante del folio y a ver cómo desenlazas este lío en que te has aprisionado. Joan Labare no te da permiso para salir a la calle hasta las ocho y media de la tarde. En realidad, no debería dejarte salir; algo me dice que fuera eres un peligro. ¿Fuera? Y dentro también. Especialmente, eres un peligro delante de un folio en blanco.

Inquisició

És dilluns vint-i-un de gener de 1957. Dotze del migdia. La farmàcia Martí està plena de gom a gom.

—Voldria alguna cosa per a la meva filla Pilarín —li demana al farmacèutic una dona d'uns cinquanta anys –, es passa el dia i la nit tossint.

—Li donaré el mateix xarop que li vaig donar a vostè, senyora Matilde. A què li va anar bé?

—Sí, molt bé, senyor Robert. Ara estic molt millor, gràcies a Déu.

—Jo no crec en Déu, senyora, soc ateu! Vostè està millor gràcies al xarop, és a dir, gràcies a la ciència i la recerca —li etziba el farmacèutic amb la cara enrogida.

Els murmuris de les converses cessen de cop en l'ampli local de la farmàcia. El silenci és total. La gent mira estrenyada al farmacèutic i es miren els uns als altres. La senyora Matilde, amb la boca oberta, retrocedeix d'esquena fins a la porta i surt al carrer sense dir res.

Dimarts, 22 de gener. El tema de conversa a la lleteria és la declaració d'ateisme del farmacèutic:

—Jo crec que el senyor Robert va perdre els nervis. No hi ha ningú més agradable i educat que ell —justifica una dona jove amb la bata d'estar per casa.

—En els temps que corren, hauria de ser més prudent —intervé una altra dona, més gran, coberta en un abric vell.

—No es tracta de prudència o imprudència! —esclata una dona de mitjana edat molt ben vestida –. És un home de carrera, amb una farmàcia a la qual acudeix tot el barri, i té l'obligació de ser un exemple.

—Bé, senyores, no ens posem així —tracta de mediar la lletera— Coneixent al senyor Robert, segur que ara ja està penedit. Però si va cada diumenge a missa!, i la seva senyora cada dia.

—Els diumenges, les esglésies s'omplen de gent sense fe —insisteix la dona ben vestida—, d'això se'n diu hipocresia. Anem camí cap a la ruïna moral. Mira que atrevir-se a dir que no creu en Déu! Hi havia nens!

—Ja hi ha prou! Qui va ara?... Pepita, què et poso?

Un home en el llindar de la rebotiga contempla l'escena somrient i sembla divertir-se.

Dimecres 23 de gener. El bar Tino està replet d'homes. La xerrameca que domina és la mateixa dels últims tres dies en tot el barri:

—Se'l veu avergonyit al pobre senyor Robert —diu un home amb boina mentre xarrupa un got de vi.

—Cadascú és lliure de creure o no, però això no es pot dir en un lloc públic com la farmàcia —diu un home ben vestit i amb corbata que pren una cervesa —. Ha de respectar a la religió i als que sí que creiem.

—Sabeu què us dic? Que el farmacèutic ha tingut molts collons —opina un altre home, també ben vestit però sense corbata— Ha dit el que pensava i el que pensem molts; tant dels que aneu a missa com dels que només trepitgem l'església en els casaments, batejos i enterraments. Tino: posa'm un altre aiguardent que fa fred.

—Ves amb compte, Manuel —li adverteix el de la cervesa—hi ha rumors que això està anant més enllà de l'església. Que el senyor Martí tingui sort i no li tanquin la farmàcia!

Dijous 24 de gener. En el despatx parroquial es reuneixen dos capellans i dos seglars.

—Mossèn Jaume, quines mesures prendrà vostè com a rector? Cal ser rigorosos amb aquest subjecte. No podem consentir que la gent vagi dient que no creu en Déu...

—Amic Cardona: no està bé el que ha fet el farmacèutic, però aquest no és el gran problema que tenim ara. El que ha passat, com tantes altres vegades, ha arribat fins al governador civil, i he estat citat per a demà. Defensaré que tot quedi en una reprimenda pública a Robert Martí en el sermó del diumenge i que no se li tanqui la farmàcia... No posi aquesta cara, Cardona! Cal ser misericordiosos, cony!

—Que quedi entre nosaltres —intervé l'altre capellà— m'han dit que a aquest individu li queden quatre dies en el càrrec. Esperem que el substitut no es fiqui tant en els assumptes eclesials.

—És clar que sí —assenteix l'altre seglar—. L'església es basta per si mateixa per a exercir la inquisició quan sigui necessari.

Dimecres, 26 d'octubre de 1960. El BOE anuncia el cessament del governador civil de Barcelona. La farmàcia Martí contínua oberta i el seu titular no falta ni un diumenge a missa.

Narciso

El primer martes después del primer lunes (así lo establece la Constitución de los EE.UU. de América) de noviembre de 2022, se celebraron elecciones para renovar la Cámara de Representantes y un tercio del Senado. Algunos habían pronosticado una victoria sin precedentes de un determinado partido. No fue así, ni mucho menos.

Esta es la historia de un 'cabreo' monumental de Narciso, que como sabéis, es aquel ser de la mitología griega que vive enamorado de sí mismo.

Cualquier parecido de esta historia con hechos o personajes de la realidad es pura coincidencia, o no.

*   *   *   *   *

Un hombre voluminoso irrumpe en la habitación decorada con muebles de maderas nobles, donde esperan una docena de personas. Viste traje azul marino, camisa blanca y corbata roja. Luce un aparatoso flequillo entre blanco y rubio.

−¡He dicho que no entra nadie más!− brama, impidiendo el paso a una cohorte de acompañantes.

Una pequeña mujer de ojos saltones y media melena de pelo rubio está de pie frente a la entrada. Contempla, con ojos asustados, la entrada tempestuosa del hombre alto y gordo, quien se dirige a ella en tono contundente:

—Linda, sal inmediatamente y diles a esos cochambrosos periodistas que, de momento, no haré ninguna declaración.

—Pero, jefe, la noche avanza y algo habrá que decir— demanda la pequeña rubia.

—Diré algo cuando lo crea necesario; bueno, puedes ir adelantándoles que no vemos claridad en el recuento de votos; en fin, que no descartamos que esta gentuza nos haya robado, una vez más, las elecciones.

—Señor presidente— interviene un hombre desde el fondo de la estancia—, tengo que recomendarle prudencia; recién está comenzando el escrutinio.

—¡Al carajo la prudencia! —vocifera el gigante—. ¿Qué está pasando, Bob? Tú eras el más vehemente de los que me prometisteis un rodillo...

—Señor, ni yo ni nadie podíamos prometer nada; es lo que decían las encuestas— se defiende Bob.

—¿Dónde está la apisonadora, dónde el tsunami, dónde los resultados electorales increíbles de los que hablabais a toda hora? ¿Dónde están, eh? ¿Dónde?... Y tú, Richard y Glen y Tom, ¿no decís nada?— continúa, desgañitándose—. No podéis decir que estáis mal remunerados. Vuestras refinadas casas, los potentes automóviles, los selectos vestidos de vuestras mujeres y sus joyas, todo, todo esto me lo debéis a mí. Y que quede claro que no son los donantes ni el partido quienes os pagan, soy yo quien relaja su bolsillo para que podáis mantener vuestro alto nivel de vida.

Segundos de silencio absoluto. Los presentes en la estancia no dicen ni una palabra. Circunspección en las caras. Una elegante mujer, acomodada en el decadente sofá del fondo, no para de hojear una revista durante toda la escena, no presta atención a lo que ocurre ante ella.

Un hombre que todo el rato ha estado bebiendo, a sorbitos, un vaso de whisky, aspira profundamente y toma la palabra:

—Señor, ¡no estamos perdiendo las elecciones! Es verdad que no se ha producido el tsunami que todos dábamos por supuesto, incluso la prensa más hostil, pero estamos ganando las elecciones, aunque sea por la mínima. Ahora toca prepararse para barrer en las presidenciales dentro de dos años.

El gigante mira fijamente al bebedor de whisky unos segundos y ordena:

—¡Que alguien me traiga una Coca-Cola!

Linda, la jefa de prensa, entra de nuevo e informa al jefe de su encuentro con los periodistas:

—Les he dicho lo que usted me ha ordenado, jefe, y que más tarde usted mismo hará una declaración y que la democracia...

—¡A la mierda la democracia!— estalla el iracundo político, mientras todos los presentes se miran.

Por televisión dan cuenta de la extraordinaria victoria del gobernador rival del mismo partido. El bebedor de Coca-Cola estalla una vez más:

—Este mequetrefe meapilas que está donde está gracias a mí, que todo me lo debe a mí, y que se atreva a decir que se enfrentará a mí para conseguir la presidencia, pero ¿qué se ha creído? ¡Si yo soy diez veces mejor que él, tácticamente! ¿O no?

Todos asienten y dan su conformidad, excepto la lectora de revistas, que permanece impasible. De nuevo, reina el silencio.

—Toca ir a dormir, señores, mañana nos vemos. ¡Vamos, querida!— dice el hombre del flequillo tomando del brazo a la mujer.

Todos van saliendo de la sala. Bajando al máximo el tono de voz, Linda le dice a Bob:

—Ahí va *Narciso* con su Barbie. Por cierto, ¿tú sabes por qué ha dicho lo de ser mejor tácticamente?

—Ni idea, chica. Pregúntaselo a él... si te atreves.

Stillness

El alma del mundo estaba encogida. La monstruosa guerra se extendía por el planeta con celeridad brutal, y la inquietud se adueñaba de nuestros ánimos. Se confirmaba que la especie humana no había aprendido absolutamente nada después de tantos siglos. Todos los pronósticos optimistas sobre la evolución de la especie se derrumbaban estrepitosamente. Estábamos donde siempre: instalados en la barbarie para resolver los conflictos. Los medios de comunicación y las redes sociales introducían en nuestras casas el horror de la muerte y el sufrimiento. Ciudades destrozadas, largas colas de refugiados, el miedo en los rostros. Veíamos, estupefactos, cómo los viejos trataban de huir de las bombas asesinas. ¡Nos conmovía la sonrisa borrada en los niños.

Esta guerra era tan salvaje como todas las que se han sucedido desde la prehistoria. Los habitantes de la Tierra contenían la respiración al pensar que dos hombres, uno en Washington y el otro en Moscú, podían pulsar aquel temido botón que desencadenaría la catástrofe definitiva. Esos dos hombres tenían el poder de una deidad maligna y, al dictado de su lógica absurda, podían verse obligados a ejercerlo. ¿Llegarían a hacerlo?

El doctor Johan Pretorius ha dedicado su vida académica a investigar la enfermedad de Parkinson. Ha descubierto un medicamento, bautizado como *Stillness*, que frena considerablemente la dolencia. En el televisor de su despacho, contempla atónito lo que parece un relato de ciencia ficción. Inesperadamente, los presidentes de Rusia y Estados Unidos comparecen juntos en Ginebra y anuncian al mundo:

Habitantes de todo el planeta: después de un recorrido secreto por nuestros frentes de batalla, en el que hemos podido ver el sufrimiento cruel de la buena gente, nos hemos reunido, hemos reflexionado y hemos decidido el cese total de las hostilidades. A cada uno de nosotros dos, las causas de esta guerra nos siguen pareciendo justas o injustas, pero hemos llegado al convencimiento de que mucho más injusto es el sufrimiento de las personas. Además, a partir de hoy, iniciaremos el proceso de destrucción de la totalidad de las armas nucleares...

¡Entonces era verdad lo de los efectos secundarios! exclama el doctor Pretorius. Había fuertes indicios de que, al cabo de unos meses de tratamiento, se producía una reacción química en la corteza prefrontal del cerebro que aumentaba de manera importante en el enfermo su *predisposición a la empatía* con los demás.

Lo que Johan Pretorius ignora es la conversación informal entre los dos líderes que tuvo lugar en una de sus reuniones antes de estallar la guerra:

—Joe, disculpa la pregunta. ¿Tú sufres de Parkinson?

—Ja, ja; Vladimir, sabes muy bien que sufro esta molesta enfermedad. Tus servicios secretos son muy buenos, pero los nuestros son mejores; yo sé que tú también tienes síntomas de este mal.

—Claro que lo sé. ¡Hablemos claro, hombre! También sé que tomas *Stillness*, por eso quería preguntarte si son ciertos todos esos rumores de los efectos secundarios.

—Mira, Vladimir, yo no he notado nada especial, de momento. Si tienes miedo a que la gente te vea transformado en un sentimental dócil y blando, yo también lo tengo. Hay que correr ese riesgo y valorar si es mejor aparecer en público con el rostro hierático y el incontrolable movimiento en los brazos. Mi consejo es que tomes esas pastillas.

Johan Pretorius, como todo el mundo, no puede creer lo que está sucediendo. Hasta el Papa, desde el Vaticano, pontifica que es un milagro. La guerra ha finalizado. El mundo es una fiesta. Empieza el desmantelamiento de las armas aniquiladoras. El científico, como todo el mundo, se pregunta si la empatía ante el sufrimiento se extenderá para buscar remedio a las otras plagas que sufre la humanidad. El mundo de la ciencia debate intensamente. Según unos, los comprimidos de *Stillness* modifican de manera irreversible el ADN del ser humano. Otros dicen que lo que produce es un notable avance en la evolución de la especie. Nadie sabe lo que ocurrirá si Joe, Vladimir y los millones que los han imitado dejan de tomar las pastillas. *Sí, se han evitado millones de muertes* —recapacita el científico en la soledad de su laboratorio—. *No sé si estar orgulloso de que esto sea el efecto de mi droga*.

* * * * *

Aclaraciones del narrador:

El narrador declara que cualquier parecido de esta historia con la realidad no es pura coincidencia.

El relato deja sin respuesta interrogantes muy inquietantes cuya solución el narrador omnisciente no desvelará, dejando que sea el lector quien viaje al futuro con su imaginación. Lo que sí puede adelantar es que al profesor Johan Pretorius no le darán el Premio Nobel de Medicina, pero a los presidentes Joe y Vladimir sí les concederán el de la Paz.

Promesa absurda

Comença un capvespre serè de tardor, tot i que una mica ventós. Una lluna plena lluita per il·luminar el mar, obrint-se pas a través de núvols fràgils. Arribant a la porta principal del cementiri de Montjuïc, l'Isidre acomiada el carruatge i diu al xofer que tornarà donant un tomb. Abans d'endinsar-se a la ciutat dels morts, es deté pensatiu amb els ulls tancats. Gràcies a les influències familiars, avui ha recuperat la llibertat i està disposat a deixar enrere per sempre els anys negres viscuts. Però abans, ha de silenciar el torturador record d'aquella promesa absurda i buidar-se de l'odi mortificant.

Només fa quatre anys, Isidre Setmenat-Pallarols era un home feliç. Pertanyia a una família barcelonina de renom i el seu recent matrimoni amb l'Eulàlia Batet, de la qual estava profundament enamorat des de petit, havia unit dues de les famílies més distingides i adinerades de la ciutat i era l'enveja dels solters que deambulaven pels salons del Liceu.

Amb molta precaució, procurant no trencar el silenci de la nit i vigilant de no ser vist pels guàrdies del cementiri, l'Isidre avança amb determinació. De seguida es troba davant del nínxol de la família Mateu, situat en una quarta fila. L'Isidre llegeix a la làpida: *Joaquim Mateu i Gonell - 27 de març de 1863 - 3 de setembre de 1887.* El seu cor s'accelera. Ha arribat el moment amb el qual ha somiat obsessivament totes les nits passades a la presó. No hi ha marxa enrere: si vol començar una nova vida que recuperi la felicitat robada, ha de fer aquest acte absurd per silenciar una promesa absurda. Ha de fer-ho! Després, vindrà la complicada tasca de recuperar l'Eulàlia.

Per a un home acostumat a tenir-ho tot, els quatre anys passats a la presó de Mataró han estat un infern. A la privació de llibertat s'hi han afegit les males condicions higièniques i les companyies indesitjables de gent que no pertany a la seva classe social. Però cap d'aquestes penalitats han estat comparables amb el record de l'encesa passió que sent per l'Eulàlia. Aquell idil·li, nascut a la infància, va créixer i madurar, però hi havia un obstacle que ell no va saber descobrir: era en Joaquim Mateu, el seu millor amic, també des de la infància. Un més dels molts pretendents de l'Eulàlia, però l'únic que va arribar a ser el seu amant secret. Joaquim Mateu, qui abans de morir, ferit d'un tret en aquell duel d'honor, va desafiar l'Isidre: «mai serà teva. Et podriràs a la presó i, si algun dia en surts, tornaré, i et prometo que t'escanyaré amb les meves pròpies mans!»

L'Isidre s'enfila fins al nínxol que conté les restes del seu odiat amic. Té tanta pressa i està tan nerviós que ni se li acudeix que li resultaria més còmode treure's la capa i el barret. De sobte, unes fortes ratxes de vent fan volar el barret i giren repetidament la capa. Lluitant amb el vent, comença a clavar l'indult a la fornícula mentre repeteix desafiant: «Aquí el tens! Estic lliure, Compleix la teva promesa, si pots!» L'esclavina de la capa li colpeja la cara i li complica la tasca; però, malgrat el vent inoportú, aconsegueix incrustar el paper. Es gira per saltar a terra i, horroritzat, sent que el subjecten amb força pel coll. Intenta desfer-se'n, però no pot. Xop de suor fred, sense poder respirar i dominat pel pànic, escolta el ressò d'aquella maleïda promesa: «... *t'escanyaré amb les meves pròpies mans!*»

Quan es faci de dia, els guàrdies del cementiri trobaran el cadàver d'un home d'uns trenta anys, ben vestit, amb els ulls oberts i una terrible expressió d'espant a la cara. A dalt, en un nínxol, uns claus sostenen una capa negra i un paper arrugat pel vent. El cadàver serà traslladat a l'Hospital de la Santa Creu, on els metges determinaran la causa de la mort: un fulminant atac al cor. Veuran un lleuger enrogiment a la zona del coll, però res que faci pensar en un estrangulament.

La promesa

El anciano es el único vecino de esta casa de cinco plantas. Vive en este ático desde hace muchos años, en medio de las sombras de sus recuerdos. Es una noche tranquila y solitaria, como tantas otras. Pero hay algo que perturba esa paz aparente: el sonido del ascensor. Cada noche, cuando escucha ese ruido característico, un escalofrío recorre su espalda y los latidos de su pecho se aceleran. Sus pensamientos vuelan hacia el pasado. Es un grito de silencio que despierta en él un tumulto de emociones, un pálpito de nostalgia y de esperanza.

Han pasado cuarenta años desde que ella marchó. Fue una partida abrupta, sin explicaciones. «¡No te vayas, amor mío! ¡No me dejes solo, por lo que más quieras!, le suplicó el viejo que entonces era joven. Ella no hablaba, no decía nada, pero a través de sus ojos sobresalía una promesa: regresaría. Esa promesa pudo más que todo el dolor y la incertidumbre. Promesa que ha guardado solo para sí mismo, porque sabía que nadie podría creerle. Promesa que ha sido el motor de su vida y que no lo ha abandonado ni un solo día.

El ascensor, ese testigo mudo de sus días y sus noches, se ha convertido en el epicentro de su ansiedad. Cada vez que suena el ruido de su gastado motor, el viejo enamorado se aferra a la esperanza de que sea ella quien regresa. Sospecha que le queda poco tiempo. Pero, al abrir la puerta, se encuentra con el silencio vacío del pasillo, sin rastro de nadie.

Como todos los creyentes, el viejo ha tenido sus momentos de flaqueza y duda de su propia fe. «¿Estaré volviéndome loco? ¿O quizás la locura me ha poseído desde la pérdida?», se pregunta, reviviendo momentos de felicidad compartidos. Se ha cuestionado si la soledad y el anhelo no habrán creado una realidad alternativa. A medida que el tiempo pasa, los encuentros con el ascensor se han vuelto más frecuentes. A veces, incluso escucha pasos apresurados antes de abrir la puerta, pero nadie aparece.

Esta noche, mientras está en la cama, escucha el conocido sonido del ascensor. Esta vez, una fuerza inexplicable lo paraliza por completo y no puede correr hacia la puerta. Espera en silencio, mientras las puertas se abren lentamente. La oscuridad del pasillo se ve interrumpida por una figura borrosa. Lentamente, se levanta y avanza hacia la figura. A medida que se acerca, el ascensor parece estar vacío una vez más. Pero siente una extraña energía que lo envuelve. Cierra los ojos y se deja llevar por esa sensación. Tiene la seguridad de que ha llegado el momento tan esperado. Abre los ojos lentamente y, frente a él, aparece una imagen difusa pero conocida. La figura se va definiendo poco a poco, revelando los contornos de una joven mujer, delicada y radiante, con ojos llenos de vida y una sonrisa inmortal. El anciano no puede contener la emoción que se desborda: «Amor mío... ¡has vuelto!», balbucea con voz temblorosa. Los amantes se envuelven en un abrazo invisible pero tangible. Ella susurra palabras que solo él puede oír, palabras que sanan las heridas del tiempo y del dolor acumulado. «Siempre estuve contigo. Nunca me fui realmente. Estuve esperando este momento para mostrarte que nuestro amor trasciende las fronteras de la vida y la muerte. Los médicos te dijeron que había muerto. Te engañaron. He estado a tu lado en cada paso que has dado, en cada lágrima que has derramado. No estás solo, ¡nunca lo estuviste!»

El anciano siente cómo el vigor cálido de su amada le llena el alma. Puede percibir su presencia en cada rincón de la casa, en cada recuerdo que ha atesorado durante años. La promesa que ella le hizo se cumple en ese instante misterioso, donde el velo entre los mundos se desvanece y el amor trasciende cualquier barrera.

Dos semanas más tarde, los bomberos retiran el cadáver del anciano. Las implacables señales de descomposición del cuerpo no han podido apagar su semblante sereno. Entre los inevitables curiosos, alguien comenta: «¡Pobre hombre! Dicen que lo encontraron agarrado a la verja del ascensor, que lleva años estropeado y sin funcionar.»

L'autèntica història de Sant Jordi explicada per ell mateix

Sóc en Jordi, més conegut com a *Sant Jordi*. Vaig néixer fa més de mil set-cents anys a la ciutat de Dióspolis, la bíblica Lydda o Lod d'Israel. Els experts en qüestions celestials diuen que vaig ser sant i màrtir, i m'han nomenat patró de Catalunya, Aragó, Portugal, Anglaterra, Rússia i no sé de quants llocs més. També soc patró de multitud de professions i oficis, com els agricultors, soldats, ferrers i gent del circ. Això últim em fa una especial gràcia. Molta feina de patronatge sobre la meva pobre esquena! Els historiadors discuteixen sobre què hi ha de llegenda i de veritat en la meva vida. Alguns, els més honestos, posen en dubte que jo hagi existit realment. L'episodi més conegut de la meva vida –o de la meva llegenda – és l'enfrontament amb el ferotge drac que tenia empresonada la filla d'un llegendari rei. Amb poques paraules intentaré aclarir què va passar realment.

Vaig arribar al cau del drac amb la ferma determinació de complir la missió encomanada, però tota la meva arrogància i coratge de soldat endurit en mil batalles es van ensorrar en comprovar que l'adolescent princesa havia amansit el sanguinari drac i l'havia convertit en un animal tan dòcil com un tímid cérvol. Em va explicar que l'autèntic malvat era el seu pare, el rei, que la volia casar amb un ric noble per purs interessos econòmics i polítics. La princesa, rebel·lant-se davant la seva sort, va fugir de la cort i va trobar un refugi segur on habitava el drac. No vaig poder complir l'enganyós encàrrec. Vaig rebre la mort com a càstig, però la princesa va quedar sota la protecció del seu amic el drac, alliberada de la insubstancial vida a què l'havia condemnat el seu pare. Si algun dia visiteu la National Gallery de Londres, no us perdeu el quadre de Paolo Uccello *Sant Jordi i el drac*, i comprovareu la cara dolça i serena de la princesa mentre subjecta el drac amb una fina corda, com si fos un submís gosset. S'ha de reconèixer que aquest pintor del Quattrocento va ser molt valent intentant burlar, la censura de l'època.

Em direu: tot això és, encara, més inversemblant que la tradicional rondalla propagada al llarg dels segles. Tant se val la veracitat del que va passar o no. El que sí que és certesa irrefutable és l'existència d'aterridors dracs que amenacen la nostra vida. Existeixen. Estan on menys se'ls espera, fins i tot dins de nosaltres mateixos. Els perits en qüestions divines van veure en el drac de la meva aventura un símbol del pecat, i és clar que existeixen els pecats!, encara que en un sentit molt diferent del que ells li donaven. L'egoisme, l'odi, la por i molts altres són repulsius pecats que ens impedeixen l'alegria de viure. I no espereu cap valerós Sant Jordi muntat en un blanc cavall que acudeixi a la vostra ajuda. Jo tan sols vaig ser un simple testimoni del que va fer l'autèntica heroïna de la meva història —o de la meva llegenda—. Sou vosaltres els que heu de descobrir on són els repugnants monstres que volen amargar-vos la vida. La lluita per dominar-los o domesticar-los és vostra i només vostra.

Els soldats del rei van posar fi a la meva vida i, d'alguna manera, sí que vaig ser un màrtir. Allò va passar —si és que va passar— fa molts segles. Però, avui continuo viu, no ho dubteu. La meva existència no tan sols és palesa en cada pintura i escultura que em representa donant mort a la bèstia, sinó que, sobretot, es manifesta i és palpable a un racó del planeta, nomenat Catalunya, cada vint-i-tres d'abril. En Jordi de Dióspolis serà el testimoni de la vostra victòria sobre les inhumanes feres que ofeguen sense escrúpols la palpitació del vostre viure. Aquest dia de la naixent primavera sortiu al carrer i, segur, que sentiu la meva presència entre la simbologia descoberta en les perfumades roses.

La verdadera musa

–Dice mi madre que me dé una barra de pan y, si tiene huevos, que me dé una docena. Y el niño llega a su casa con doce barras de pan.

Sophie Smiling, nombre artístico de Dolores García, consigue que el público estalle de risa con estos chistes tan antiguos y conocidos. Sophie es una mujer menuda, con una cabellera pelirroja que enmarca un rostro que, según los cánones convencionales, no se rinde ante la llamativa belleza. No tiene nada de especial, en apariencia. La ves por la calle y no te llama la atención para nada. Pero en Sophie reside un don que trasciende lo tangible: la capacidad de extraer carcajadas de lo más hondo de la realidad. Es una artista de este lenguaje universal que es la risa y sabe encontrar lo cómico en lo cotidiano, en las situaciones absurdas o en las contradicciones de la vida. Su capacidad para observar el mundo desde una perspectiva única y presentarlo de manera ingeniosa y entretenida es admirable y levanta de sus asientos al público que le aplaude devotamente con las mandíbulas doloridas de tanto reír. Sophie siempre ha sido feliz en el escenario viendo a esos rostros que, por unos momentos, olvidan sus preocupaciones sumergiéndose en el mundo mágico del humor.

Para Sophie, el teatro es un altar donde ofrece su sacrificio diario, entregando su vida personal en aras del arte que cultiva. Desde jovencita se ha volcado apasionadamente en su vocación de hacer brotar risas y sonrisas. Ha renunciado al calor de una familia, pero ha cosechado las recompensas de la fama y el estatus social y económico. Sin embargo, esta noche el telón de su vida se desgarra de manera inesperada. Hay alguien que no estará sentado en la primera fila de platea como siempre, en todos los estrenos de sus espectáculos. Gerardo, su representante, su empresario, aquel que ha sido su soporte y apoyo en la profesión y compañero, amigo y amante entre función y función, le ha dejado una nota, escrita con la tinta de la traición, anunciándole que se marcha con Amaia, una de las bailarinas, veinte años más joven que él. Sophie, sentada, inmóvil delante del espejo de su camerino, lee y relee la nota increíble. «No me guardes rencor, Sophie». Ahora mismo es imposible que ella sepa lo que podrá *guardar* en el futuro. La diosa del humor siente que se le escapa la vida; ve acercarse la muerte a pasos apresurados. Una fuerza desconocida la empuja a salir corriendo para alcanzar pronto el frasco de pastillas de la mesita de noche. «Sophie, diez minutos», le anuncian desde el otro lado de la puerta. ¿Cómo creen que alguien herido de muerte puede salir al escenario, como cada noche, y empezar a contar chistes de situaciones disparatadas? ¿Es que no saben que el artista necesita imperiosamente una musa que le inspire?

«Sophie, cinco minutos y a escena». Entre pasos vacilantes, con la ofuscación marcada en su rostro, Sophie emerge en el escenario. Sus ojos buscan el apoyo que solía hallar en la primera fila, pero el vacío la envuelve. Un silencio total la recibe, sustituyendo los aplausos familiares por la frialdad de la soledad.

«Señoras y señores: lamento comunicarles que hoy será mi última actuación...» Las palabras resuenan como una elegía en la penumbra del teatro. Un murmullo tenue se apodera del público. «Esto será un chiste más, ¿no, Sophie?», grita alguien desde el fondo. La risa se esparce como un eco. «¡Sí, muy bueno el chiste, Sophie!», se une otro. Aplausos inundan el escenario. Y más aplausos. La creadora de risas llora con más fuerza. Las lágrimas de muerte han mutado hacia la vida. Algo en su interior se ilumina, revelando que *su verdadera musa* no es la sombra que se ha esfumado en la primera fila, sino la amalgama de risas que resuena en la oscuridad.

—¡Gracias, muchas gracias a todos! Y ahora, con el deseo de que todos, ustedes y yo, seamos felices, por lo menos un rato; aquí tenéis el segundo chiste de la noche:

—¿Así que eres experto en Historia del Arte?

—Sí

—¿Y qué te parece el Renacimiento?

—Pues… yo creo que cuando te mueres, te mueres y punto…

Risas y aplausos

—Y el tercero:

Un hombre va a la biblioteca y pide un libro sobre cómo suicidarse. El bibliotecario le responde: 'No te lo presto que no me lo devuelves'.

Risas, risas y más risas. Aplausos, aplausos y más aplausos.

Oscuridad total

Dolores, de quien siempre decimos que *es como de la familia*, recibe a los que van llegando, tal como hace en casa. Cara triste, caminar cansino, pocas palabras. Es una mujer de confianza y muy trabajadora. Siempre servicial, dispuesta en todo momento a hacer lo que se le pida, lo que se le ordene. Después de tantos años, nos trata a todos con la misma sumisión humilde que mostró el primer día que llegó a casa de mis padres. Entonces era una chiquilla tan ingenua como bonita. Inevitable no seducirla y ser seducido. Después de tantos años y vivencias, ahora me trata de *usted* y me llama *señorito*. Estas maneras afectadas me parecen una antigualla decimonónica, pero Teresa no piensa igual; ella es partidaria de los *buenos modales de antes*, dictamina.

Veo a Teresa hablando con Gerardo. Parecen mantener una conversación seria, según lo reflejan sus rostros. Gerardo es un gran amigo, aparte de ser nuestro médico. Nos conocemos desde que éramos pequeños. Un día le dije: «si me pasa algo - que es lo que se suele decir para evitar el verbo *morir* - me gustaría pensar que estarás tú ahí para proteger a mi familia. Los chicos son muy jóvenes y Teresa... bueno, ella está con sus fantasías». La expresión que pensaba pero que no dije era la de que *tiene la cabeza llena de pájaros*. «Por supuesto, cuenta con ello», me dijo Gerardo, dándome un abrazo.

¡Llega Laura! No me imaginaba que podía presentarse. ¡Qué guapa está! Como siempre, su ondulada cabellera rubia parece natural. Hoy se ha vestido toda de negro; a ella le gusta provocar. Abraza a Raúl, luego a

Sandra, estrechándola durante largo rato. Sé cuánto quiere a mis hijos. «Los tuyos son los que yo no he tenido, los que me habría gustado tener». Pasa por delante de Teresa; las dos se miran seriamente; no se dicen ni una palabra. Laura se coloca sola en un rincón. Se le acerca mi otro gran amigo, Pepe, nuestro abogado. Le acaricia una mejilla como para consolarla; a continuación la otra. Ella recuesta su cara en el pecho de él. Ignoraba que se conocieran; mucho menos podía imaginar que el conocimiento llegaría a lo que ven mis ojos. ¿Qué está pasando aquí?

Raúl y Sandra se acercan lo suficiente como para que pueda escuchar lo que hablan. «Por fin podrás dejar Medicina y dedicarte al teatro» le dice él a ella. «y tú podrás irte a vivir con Cecilia y ¡comprarte la moto!». Sonríen. Ríen. ¡Carcajadas! Solo percibo algunas palabras y frases sueltas: *hay mucha pasta... testamento...*

Teresa y Gerardo también se acercan. Cuchichean. Me gustaría ver en ellos algo que se pareciera a la tristeza. Él la abraza, ella le clava la mirada agradecida. Le besa en los labios. ¡Qué falta de respeto! Es verdad que yo no he sido un arquetipo de fidelidad, pero... ¡con Gerardo, mi mejor amigo! Empiezo a atar cabos. Siempre he sido demasiado confiado. Aquella insistencia de ella para que me tomara los pastillas aliviadoras del estrés, recetadas por él... no, no puede ser que llegara tan lejos.

¡Qué desfachatez reina en estos momentos que, se supone, deberían ser dolorosos! Todos juntos podrían, por lo menos, guardar un poco las formas. Está claro que Pepe y Laura se conocen, y mucho. En el fondo de la sala mantienen una conversación confiada, íntima, divertida. Fue él, conocedor de mis contradictorios secretos, quien me asesoró para el testamento, incluyendo, por supuesto, a Laura.

Aquí la única persona realmente apenada es Dolores. ¡Pobrecita! Está apoyada en la puerta de entrada, sola, con los ojos enrojecidos y el semblante agotado. Conozco muy bien estas lágrimas desde que yo, a medianoche, abandonaba su habitación de criada en casa de mis padres. ¡Si pudiera volver atrás!

¡Dios mío, vienen a buscarme! Lo último que veo es a un cura; lo último que escucho es un responso. Colocan la tapa. Ya no se escucha nada. No veo nada. Nunca imaginé que la muerte sería la oscuridad total... Ahora, un fino hilo de luz a lo lejos, algunos ruidos... son ruidos familiares, paarece ser el tráfico de la calle. ¡Es mi cama, mi habitación! El cuerpo empapado de sudor. ¡Qué sueño tan extraño!

—¿Notaría López-Castaños? Soy Eloy Guell. Tengo cita para la firma de testamento esta tarde a las cinco. Me ha surgido un contratiempo y necesito anularla.

—...

—Muy amable, sí, ya llamaré para concertarla para otro día. Buenos días.

Explosión en las entrañas

El jefe tribal Kabua era respetado, a la par que obedecido, por sus súbditos. Hombre de apariencia débil en lo físico, poseía una fortaleza interior que impresionaba. Pertenecía a la casta aristocrática indígena que, por tradición ancestral, tenía como misión velar por el bienestar de su pueblo. Su autoridad se nutría de este vigor de ánimo, mezcla de leyendas místico-esotéricas propias de las poblaciones indígenas de Micronesia. Kabua se había enfrentado a los japoneses durante cuatro años con mano izquierda, consciente de su inferioridad. Su tribu era una pulga ante el poderío altanero de quienes se autoproclamaban como el Imperio del Sol Naciente. Ahora, ya agotadas sus fuerzas, debía hacer frente a los americanos. La población había recibido la llegada del ejército estadounidense con alivio después de la ocupación japonesa, pero pronto se dio cuenta de que pocos cambios se vivirían en las pequeñas islas. Un nuevo imperio ordenaría su vida sin contar con ellos.

El almirante Richard Percy era un hombre alto, robusto, de aspecto arrogante. Podría ser la antítesis del jefe Kabua, pero también había coincidencias entre ellos dos. El veterano marino, héroe de guerra, también estaba poseído por la convicción de un cometido providencial. Era el representante de la nación que, por elección divina, tendría que timonear un nuevo orden mundial. Se avecinaba una nueva guerra que, después, los historiadores apellidarían *fría*, pero guerra al fin y al cabo. Presbiteriano devoto, había tratado de persuadir al jefe de la tribu de la necesidad de evacuar la isla con argumentos religiosos expeditivos: «La Alta Jefatura ha ordenado pruebas nucleares en las islas. Para asegurar la paz, hay que dotarse de las mejores armas, las más destructivas. Las órdenes del Presidente son órdenes de Dios».

La imagen era surrealista. Portaaviones y destructores repletos de cabras, cerdos y ratas flotaban en las paradisíacas aguas del atolón Bikini, en el océano Pacífico. La población del atolón sería trasladada a Rongrik con todos sus enseres. ¿Los animales? «También los trasladaremos; emularemos lo que hizo Noé, incluso superaremos al gran patriarca bíblico», fue la altiva respuesta del endiosado militar al desconcertado y rendido líder de la tribu nativa. Y con el ganado, se colaron las alimañas. Una vez completada la evacuación de los ciento sesenta y siete nativos de las islas, el almirante brindó con champán francés junto a sus oficiales del buque insignia. «Señores, es un honor para mí trasladarles la felicitación del Presidente. ¡Misión cumplida!», dijo entrechocando las copas, y remató su brindis con un clamoroso: «Gracias a Dios».

La vida en el nuevo emplazamiento de la población indígena pronto se convirtió en un infierno de miseria y hambre. Ante la alarma de que trascendieran estas malas condiciones, la Jefatura dispuso su traslado a los islotes de Kwajalein y, finalmente, dos años después, al atolón de Kili. Entre los supervivientes que emprendieron estas migraciones, no se encontraba el anciano Kabua. Aquel amanecer de un día del mes de julio de 1946, a ciento cuarenta millas de donde estaba, en el lugar en donde había nacido, vivido y sufrido con su gente, un atronador terremoto dio paso a un inmenso hongo de fuego apocalíptico que incendió de rojo el claro azul del Pacífico. En ese mismo momento, Kabua sintió una explosión que reventaba en lo más íntimo de sus entrañas. Una detonación mucho más devastadora que los veinte kilotones que se desplomaban sobre Bikini. Era la bomba de la tristeza y la impotencia.

Sueños inquietantes

Amanecer del lunes.

Amanezco insomne y dominado por una enorme agitación. Trato de asearme para disimular mi demacrado aspecto. Las manos, sudorosas, tiemblan. Esas manos que hace pocas horas han apretado su garganta. Retumban en mi mente sus desesperados esfuerzos para que no se le escapara la vida. Veo sus ojos preguntando por la respuesta imposible. Aquel cuerpo radiante derrumbándose hasta el inhóspito suelo.

El primer día que la vi supe que, muy pronto, sus brazos me acogerían rendido. Ella se paseaba risueña entre los alumnos que la idolatraban con la mirada del deseo. La mía era de devoción sumisa. Esta noche ha llegado el momento tan temido, el trance prometido por el presentimiento. No es odio, ni celos, ni envidia; es la fuerza misteriosa que se vale de mis manos para hacer cumplir el destino implacable y absurdo. Lo sé porque ha ocurrido otras veces.

Mañana del lunes

Antes de empezar mi clase diaria de psiquiatría forense miro uno por uno a los asistentes. ¡No puedo creer lo que veo! ¿Se trata de una aparición? Allí está ella como cada día, en medio de la algarabía de los estudiantes, con sus blancos dientes y su mirada directa al hombre que habla desde la tarima. Como siempre alza la mano, como siempre evita el tuteo: «Profesor, ¿Puede aclarar ...?» Incredulidad, desconcierto. Bloqueo difícil de dominar. ¡No puede ser! Hace unas horas he colocado su cuerpo mar-

153

chito en el maletero. Las agujetas insoportables en mis brazos son la mas fiel prueba. He llorado de rabia, de impotencia, de la horrenda tortura que me supone el amor. ¿O es que tan solo ha sido un inquietante sueño? Una mas de esas terribles pesadillas que me introducen en la otra oscura realidad por la que, tantas veces, estoy obligado a caminar. Si, tiene que ser un sueño, estoy convencido. Yo soy incapaz de tanta maldad.

Noche del lunes

Llega, otra vez, la noche. Ella, envuelta en mis brazos. Esa risa juvenil y burlona que seduce al mundo. La fuerza que domina mi mente me dice que, en realidad, el sueño fue una premonición de lo que es inevitable. La miro, acaricio su cabellera y me abalanzo sobre ella. Como anoche –o como en el sueño de anoche– sus ojos demandan lo inalcanzable, mientras yo constriño su garganta y su mirada se pierde para siempre. La experiencia de ayer me sirve para actuar con seguridad y extremar la cautela. Con mis brazos doloridos y el corazón sofocado repito el guion, punto por punto: envolver el cadáver en una manta, colocarla en el maletero de su coche y esperar en la orilla del lago *al estilo de Norman Bates*.

Mañana del martes

Antes de empezar la clase, la busco por el aula atestada. Quizás se ha retrasado. Lo de anoche ocurrió dentro de otra maldita pesadilla. ¡Estoy seguro! Hoy, sin falta, superaré todos los recelos y consultaré con mi colega experto en esa especie de sueños turbadores. Si soy incapaz de matar al mas pequeño animalito, ¿Como van mis manos a segar la vida del ser divino de mi adoración?

Empiezo la sesión mientras mi mirada sigue sin encontrarla por ningún rincón de la sala ... ¿Que hace el rector ahí, en la puerta, con esos dos hombres desconocidos?

Me han leído mis derechos antes de introducirme en el vehículo policial. Tengo derecho a guardar silencio y a no declarar. Pero, señores, ¡si yo no tengo nada que ocultar! Todo empieza con un insoportable dolor de cabeza y continua con absurdas pesadillas. Nada mas. Todo se aclarará, estoy seguro. Me ha parecido verla entre la gente concentrada a la puerta de la facultad. Me ha regalado su preciosa sonrisa mientras sus ojos me decían «Profesor ...» Sí, unicamente han sido dos odiosos sueños.

Pregunta al 'barquero'

Los rayos de sol del mediodía traspasan la luna y colisionan contra un Ferrari rojo, un Aston Martin gris claro y un Mercedes AMG GT negro. Todos reflejan un brillo voluptuoso capaz de cegar a cualquier pobre transeúnte que no pueda evitar mirar al escaparate.

Simón Sansegundo está sentado detrás de una mesa *chic* de diseño, al fondo del establecimiento. Pelo corto con suave ración de gomina. Pulcro traje azul marino. Todo según establecen los cánones. El único desentono es su cara: aburrimiento supremo; es la *tristeza de la huerta,* aunque los tomates y las lechugas estén en la frutería de enfrente.

En mitad de un dilatado bostezo, Simón observa que entra una extraña pareja. Él, unos cincuenta años él, traje gris de los ochenta, como mínimo; bajito, calvo total; facha de funcionario de Hacienda de los setenta, también como mínimo. Unos veinticinco años ella. Le pasa palmo y medio al hombre. Pantalones negros ultra ajustados, chaquetilla de cuero roja, también ajustada y melena rubia reteñida. *La verdad es que la 'tipa', en el escaparate, atraería mas miradas que los coches,* piensa Sansegundo.

—¡Hola, amigo! ¿Cómo estás? —saluda el hombrecito calvo. La rubia reteñida no dice nada. Fuerza una sonrisa.

—Buenos días, caballero y señorita —responde el aburrido Sansegundo—,¿en qué puedo ayudarles?

—Vayamos por partes y dejemos la ayuda para más tarde; no me has respondido a la pregunta de cómo estás.

—Yo estoy muy bien, caballero y usted, ¿cómo está?, y la señorita ¿cómo está?

—Yo estoy fatal, amigo ¿es que no me ves? En cuanto a ella... bueno, está a la vista *como está*, ¿no crees?

Sansegundo dirige la mirada a la *señorita* que se pasea contoneándose por entre los vehículos examinándolos con ávida mirada. El inesperado espectáculo servido por la pareja ha conseguido borrar sus facciones aburridas. Vehículo no venderá ninguno. ¡seguro!, pero se lo pasará en grande. El *funcionario bajito* reemprende el disparatado diálogo:

—Espero respuesta, amigo.

—Yo también me he quedado esperando la suya – responde divertido el *amigo* levantando, desafiante, el mentón.

—¿Qué respuesta?

—¿En qué puedo ayudarles, caballero y señorita?

—Ah, sí, la ayuda... bueno... mira —vacila el hombrecito del traje gris, regurgitando intensos vapores alcohólicos.

—Mejor dicho: ¿en qué puedo ayudaros, *amigo* y *amiga*? —puntualiza Sansegundo pasándose al tuteo.

—Eso está mucho mejor, así me gusta —interviene la reteñida rubia—,sin formalismos. ¿No te parece, amigo? ¿no te parece, papi?

157

El sentido del deber del vendedor con apellido de santo debería impulsarle a echar a la calle al *funcionario* y a la *reteñida barbie,* pero el cuerpo le pide seguir disfrutando de la inesperada representación kafkiana que tiene ante sus ojos. Agradece que el jefe esté en el Golfo Pérsico entregando un vehículo a un jeque; no consentiría esta escena en su pijo establecimiento.

—A mí me parece perfecto, guapa —responde Sansegundo —.No sé a tu padre.

—No es mi hija, amigo, es... mi... ¡mi ayudante! —interviene *papi.*

—Si fuese su hija me parecería a él, ¿no? —pregunta la *ayudante*

—No, no, en nada te pareces a él, esto está más que claro. Y dime, chica, ¿en que lo ayudas?

—Lo ayudo en todo lo que puede ayudar *una chica como yo a un tipo como este. ¿Me explico?*

—Te explicas con títulos de película y con una transparencia cristalina. Y, hablando de ayudas, regreso al principio: ¿en que puedo ayudaros?

—Pues ya que estamos aquí, puedes ayudarme a elegir una *joya* de las que vendes —responde el pelele calvo.

Sansegundo libera una retumbante carcajada. Interviene la rubia:

—Sé bueno, amigo, y ayúdame a mí a convencer a *papi* de que no gaste el dinero estúpidamente. Se cree que tiene vente años, y ¡míralo como está! Además, para joyas, aquí me tiene a mí.

*   *   *   *   *

¡Maldito despertador! Otra vez las siete. Un día más me espera el aburrimiento en medio de la pompa y el exceso. ¡Que sueño tan surrealista! Y, encima, sin poder saber como termina. Pregunta al 'barquero': si la vida es sueño y los sueños son absurdos, ¿cómo es la vida?

Línea fina

La lluvia golpea contra los ventanales de la cafetería, produciendo un murmullo constante que se mezcla con el zumbido suave de las conversaciones y el tintineo de las cucharillas en las tazas de porcelana. Un neón rojo parpadea intermitentemente fuera del local. En una mesa, cerca de la esquina, un hombre de mediana edad juguetea con su vaso de whisky. Su mirada se dirige ansiosa hacia la puerta cada pocos segundos.

La campanilla sobre la puerta anuncia la entrada de una mujer, que se sacude el agua del paraguas. Es alta, con cabello negro y ojos verdes. Lleva un abrigo largo y ajustado, y un bolso negro cuelga de su hombro. Examina la cafetería hasta que sus ojos se encuentran con los de Richard. Una sonrisa se dibuja en sus labios rojos antes de dirigirse hacia él.

—¿Richard? —dice ella con voz suave pero firme, extendiendo una mano—. Soy Evelyn.

Richard se levanta y le estrecha la mano. La siente fría y delicada.

—Un placer, Evelyn. —La invita a sentarse con un gesto, y ella lo hace, dejando el bolso sobre la mesa.

—Eres más guapo en persona —dice ella con un susurro seductor que mezcla sinceridad y sarcasmo.

—Tú también eres... diferente —responde él, tratando de igualar el tono, pero fracasando.

Ella pide un café negro, y él otro whisky doble. Richard observa con atención los detalles de Evelyn: sus uñas perfectamente pintadas, el delicado aroma a jazmín que emana de su cuello. Tiene ante él a la mujer que le ha cautivado la razón por internet y, ahora, puede confirmar que ese cautiverio es definitivo.

—Entonces, ¿qué buscabas en Tinder? —pregunta Richard, rompiendo el hielo.

—Curiosidad —responde Evelyn, apoyando los codos en la mesa y entrelazando los dedos—. Me intrigaste con tus mensajes.

Hablan de sus profesiones: él es profesor de secundaria; ella, relaciones públicas. Richard mantiene su mirada fija en Evelyn, como intentando desentrañar el hechizo de su misterio, mientras ella habla con una fluidez que denota práctica, pero también una ligera falta de sinceridad.

El camarero llega con las bebidas, interrumpiendo el flujo de la conversación. Evelyn se inclina hacia su bolso para sacar la cartera, y Richard nota un destello de algo extraño cuando ella lo abre. Algo pequeño, envuelto en plástico. Evelyn saca un billete y lo coloca en la bandeja del camarero, que se retira con una leve inclinación de cabeza.

—¿Pasa algo? —pregunta Evelyn, notando la mirada fija de Richard en su bolso.

Él aparta la vista rápidamente, pero la curiosidad ya ha prendido en su mente.

—No, nada —dice, intentando sonar casual—. Solo me pareció ver algo... extraño.

Evelyn lo observa por un momento, sus ojos verdes centelleando con una chispa de malicia.

—¿Extraño? —repite, como si saboreara la palabra—. ¿Cómo qué?

Richard duda. Sabe que no es prudente inmiscuirse, pero la necesidad de saber es más fuerte. Se inclina un poco hacia ella, bajando la voz.

—Algo en tu bolso. Parecía... —duda un instante—. ¡Parecía un dedo humano!

Evelyn no parpadea. Su sonrisa se amplía, pero no llega a sus ojos.

—Ah, eso —dice con una calma perturbadora—. Digamos que es un recuerdo de un malentendido. Un malentendido que ya está resuelto.

La revelación cuelga en el aire entre ellos, densa y opresiva. Richard siente un escalofrío que le recorre la espalda, pero no aparta la mirada. Evelyn toma un sorbo de su café, como si acabara de confesar algo trivial.

—¿Y qué piensas hacer ahora? —pregunta ella, dejando la taza sobre el platillo.

Richard la mira un momento más, midiendo sus palabras. Puede sentir el peso de la decisión que tiene que tomar, la línea fina que separa la seguridad de la locura; la decencia de la pasión.

—Creo que... me tomaré otro whisky doble —dice finalmente, levantando el vaso hacia sus labios sin apartar los ojos de ella.

Evelyn asiente, complacida, y juntos continúan la conversación como si nada hubiera pasado.

La puerta del café se abre violentamente para dejar paso a un grupo de hombres armados. El inspector Morrison, pistola en mano, detiene y lee sus derechos a la asesina en serie Evelyn Sanders, conocida como *La Descuartizadora de Tinder*. Indescriptible la cara de pasmo de Richard. Fuera, la lluvia sigue golpeando contra los ventanales, y el neón rojo continúa parpadeando.

El Príncipe y la Sirenita

(Versión muy personal del cuento de Hans Christian Andersen)

Erase una vez, hace muchos siglos, un príncipe llamado *Fritz* (1) navegaba en su lujoso barco. De pronto, se desató una espantosa tormenta que hizo naufragar la nave. Fritz, que apenas sabía nadar, notó que alguien lo sujetaba con fuerza y lo empujaba por encima de las enormes olas. Pensó que se trataba de un ángel, pues, tal como le habían enseñado, había rogado al cielo que lo socorriera. Al llegar a la playa, comprobó que quien le había salvado de morir ahogado no era ni un ángel ni un ser humano. Era una doncella de gran belleza, pero con una escamosa cola de pez en lugar de piernas.

—¿Quién eres? —preguntó el príncipe.

—Soy *Vibeke* (2), Princesa del reino de las sirenas. Y tú, ¿quién eres?

—Me llamo Fritz, príncipe heredero del rey del Norte. Mi madre siempre me habló de vosotras, pero mi padre, el rey, y mis tutores me dijeron que eran patrañas para entretener a los niños, fantasías propias de mujeres.

—A mí también me hablaron de vuestro mundo y me advirtieron de los peligros de acercarme a él. Por cierto, ¡tengo que regresar! Hoy es mi primera salida a la superficie.

El príncipe estaba embelesado contemplando a la bella sirenita. El agradecimiento por haberle salvado la vida había dado paso a un encantamiento arrebatador ante aquella mágica hermosura.

—No te vayas, Vibeke. Te llevaré al castillo de mi padre y seguro que te colmará de regalos por haberme evitado una muerte segura.

—Tengo que marcharme, Fritz.

El tono de voz de la sirena revelaba una gran tristeza. Ella tampoco quería marcharse.

—Lo siento más de lo que puedas imaginarte, pero tengo que marcharme... ¡pertenecemos a dos mundos tan completamente distintos!

Con un movimiento rápido, la sirena se sumergió en el mar, dejando un rastro de blanca y agitada espuma.

El príncipe regresó al castillo con gran alegría de sus padres. Relató lo ocurrido, pero nadie le creyó. Es más, todos pensaron que el susto del naufragio lo había enloquecido. Se convirtió en un muchacho triste, taciturno; siempre con la mirada en el horizonte, constantemente con el pensamiento en el mar. Rompió su compromiso con la princesa del reino del Este, para gran disgusto de su padre, que lo desheredó.

Hasta que un día, nuestro príncipe decidió enfrentarse al cruel destino y se puso en marcha hacia la ribera donde había desaparecido su adorada sirena. Allí estaba ella, esperándolo con ojos enamorados. Es en este punto donde las fuentes divergen y la historia se convierte en muchas y variadas leyendas. Hay quien dice que entrelazaron sus manos y se zambulleron hacia las profundidades del mar; otros, que emprendieron el camino tierra adentro; pero todos coinciden en que, sea en el mar o en la tierra, vivieron muchos años felices y que, incluso, tuvieron varios hijos e hijas. ¿Que cómo fue posible esto?

Nadie lo sabe, ni siquiera Hans Christian Andersen, que dedicó muchos años a investigar meticulosamente todos los datos comprobados y todas las leyendas, y que hacia 1837 escribió su propia versión de esta misteriosa y fascinante historia.

*   *   *   *   *

Notas:

(1)   Fritz: «hombre libre» en danés.

(2)   Vibeke: «mujer fuerte» en danés.

¿Por qué le llaman el Pintao?

Son las nueve de la mañana de un día como cualquier otro. El pequeño pueblo inicia su rutina diaria y nada hace suponer que será alterada por un extraño suceso. El Pintao entra en la sucursal y guarda la cola frente a la ventanilla.

—Pero, Pintao, ¿es que te has vuelto loco? —pregunta el cajero con cara de susto y de sorpresa.

—¡No me llames Pintao, joder! Y date prisa y suelta los cuatrocientos euros.

Francisco Rodríguez, más conocido como *El Pintao*, comprueba que la cantidad es la que ha exigido y sale de la entidad con la misma parsimonia con la que ha entrado. A los diez minutos, pocos son los vecinos que no conocen lo que ha ocurrido. Antes de media hora, es detenido por la Guardia Civil en su destartalada casa, ante el llanto histérico de su mujer.

—Vamos a ver, Pintao, ¿qué has hecho y por qué lo has...? —intenta preguntar Vicente, el sargento.

—¡No me llame Pintao, coño! ¡Me llamo Paco! —interrumpe con un grito estentóreo.

—Vale, Paco, pero que sepas que aquí el único que chilla soy yo, ¿eh? A ver, ¿por qué has atracado el banco con un enorme cuchillo de cocina en este pueblo donde todos nos conocemos, y para llevarte la friolera de cuatrocientos euros?

—Mire usted, sargento, eso es cosa mía, y la friolera es la que tengo yo aquí dentro —responde señalando su pecho.

—Chico, comprenderás que yo tengo que cumplir con mi obligación —parece justificarse, mientras el singular atracador se encoge de hombros.

A los pocos segundos entra en la estancia el cura. La cara de Paco denota extrañeza.

—En buen lío te has metido, Pintao, y por una miseria.

—¿Cómo hostias tengo que decir que mi nombre es Paco?

—Está bien, Paco, ¡pero no blasfemes! Ten un poco de respeto. Mira, ya sabemos que tú no eres mucho de ir a la iglesia, pero yo puedo ayudarte... ¡Dios puede ayudarte!

—Nadie puede ayudarme, don Braulio, nadie —dice con aire de derrota—. Ni nadie me ha ayudado en toda mi vida, ni siquiera mis padres, a los que siempre conocí atiborrados de vino. La única que me comprende y me ayuda es la Lola, pero la pobre está tan enferma...

La aventura de El Pintao está en boca de todos. No hay quien pueda entender un atraco para tan escuálido botín. El pueblo está dividido. Muchos creen que por esa mísera cantidad no merece castigo. Muchos más opinan que el hecho de amenazar con un cuchillo a Luis, el cajero, es algo muy grave y un síntoma de que su retorno al buen camino es una farsa. En el frío calabozo del cuartelillo, el prisionero recibe la visita del alcalde.

—Hola, Paco.

—¿Tú también, Antonio? Ya solo falta que venga el médico y el boticario. ¡Menuda pandilla los *mandamases* de este pueblucho!

—¿Por qué lo has hecho, Paco? Vas directo a la cárcel otra vez, lo sabes, ¿no?

—¿Me guardarás el secreto si te digo por qué solo cuatrocientos euros?

—Claro que sí, seré una tumba; fuimos tan amigos de pequeños...

—Era justo lo que necesitaba para pagar la luz de cuatro meses, las medicinas para la Lola y la cuenta en el comercio.

En realidad, la deuda que arrastra el infeliz asaltante es mucho mayor, pero con esa cuantía podía conseguir que no le cortasen la luz, que le mantuvieran el crédito en la tienda y que su mujer no sufriera un coma hiperglucémico, que él llama *una hijaputa subida de azúcar*. Era justo lo que necesitaba mientras esperaba la ayuda prometida por los servicios sociales. Lo que necesitaba para que el mundo no se hundiera, todavía más, bajo sus pies.

—Estaba seguro de que lo había conseguido, Antonio, te lo juro. Ni robos, ni atracos, ni droga. Pero, ¿quién me va a dar trabajo con el carrerón que llevo encima?

Anochece. El furgón policial se aleja del pueblo. En el bar *Manolo*, alguien pregunta:

—¿Y por qué le llaman El Pintao?

—Quién sabe por qué —responde Salustiano, el camarero—. Ya llamaban así a su padre.

—Y a su abuelo también —aclara un viejo desde la mesa donde se juega la vespertina partida de dominó.

169

Viaje Tormentoso

Hace rato que la autovía ha quedado atrás. Los baches de la carretera secundaria, la lluvia severa, que martillea el parabrisas, y la música estridente del CD - que nadie escucha - hacen que el espacio resulte insoportable. La calefacción entela los cristales y los rostros exhalan helor. De vez en cuando estalla alguna corta discusión agresiva:

—¡Sigue conduciendo así que nos mataremos pronto! —dice ella, gritando para hacerse oír.

—Si no te hubieses empeñado en salir hoy … con la previsión anunciada del mal tiempo … y de noche … —responde él, jadeando.

Preparó con cierta ilusión el viaje al pueblo donde nació y pasó su infancia. Ahora, puede que maldiga el momento en que aceptaron la invitación a la boda. Quizás se pregunte que se le ha perdido en aquel lejano lugar. Le espera una familia a la que apenas trata. Esta maldita tormenta tampoco ayuda. Las heridas tan abiertas y el amargo silencio que impera dentro de ese coche suponen un precio demasiado alto para el reencuentro con las vivencias de su niñez.

Ella mantiene el gesto airado. De vez en cuando mira hacia el asiento trasero. Parece preguntarse cómo puede dormir el niño con la música a todo gas y el continuo zarandeo a que obliga el estropeado firme de la carretera. Mira al conductor de reojo y aprieta los labios para no dejar salir las palabras, que tendrán que escaparse en algún momento.

—¿Falta mucho para llegar?—pregunta en un tono que puede parecer conciliador.

—Unos doscientos kilómetros—responde él en tono aséptico.

—Podrías ir un poco mas deprisa, ¿no?, estoy cansadísima y el niño también.

—¡No me toques los cojones! Antes corría demasiado y nos íbamos a matar; ahora, resulta que voy despacio. Si quieres, nos cambiamos y tomas tú el volante.

—¡Haz lo que te de la gana, imbécil!—zanja la cuestión con gesto indolente, como quien no quiere hurgar mas en la úlcera purulenta que los está matando.

Fuera, avanza la noche con rapidez. La funesta negrura envuelve el ambiente. No parece que la lluvia tenga intención de conceder una tregua. Dentro del coche, la música ha cesado y nadie se ha decidido a cambiar el disco. El niño se ha despertado y dice que tiene hambre. El conductor pide paciencia; dice que se detendrá en cuanto pueda, en cuanto encuentre alguna señal de vida.

El pueblo de la infancia espera. Quien se marchó siendo un muchacho se encuentra cada vez más cerca. Si consigue superar la tormenta que lo está empujando apresuradamente a la muerte, podrá recrearse alegremente con los recuerdos de la edad dorada: cosas tan sencillas como los juegos delante de la iglesia, los baños en el rio o los novillos en la escuela. También los tímidos flirteos con su prima; la que se casa mañana, la que le ha invitado a su boda.

Aun queda un tramo de curvas peligrosas. El conductor acelera todavía mas aprovechando que la tormenta parece querer suavizarse. Podría tragarse el rencor empotrado en su alma y obrar el milagro de que este viaje fuera completamente distinto. Ella también podría recomponer los desencuentros y regresar a las promesas del comienzo. Es difícil que lo hagan porque el viaje es muy largo y el cansancio extremo. No es imposible porque siempre se puede pisar el freno, dejar pasar el temporal y recobrar la caricia del aire apacible.

Queda una última curva de riesgo agudo. La cortina de agua vuelve a espesarse. Es el momento de reprimir la insensata celeridad a la que circulan los tres viajeros. Si consiguen salvar este último obstáculo, la villa de los recuerdos inocentes se divisará como meta de cómodo alcance. En pocas horas, la campana de la esbelta torre de la iglesia repicará su canto que erizará la piel.

El pintor rupestre

El día ha sido muy duro. En verano hay que cazar cada día para que no se estropee la comida. Si la carne se pudre, provoca feroces dolores, vómitos y muertes. Al entrar en la cueva veo a mi anciano padre, que ya no puede enfrentarse a las fieras. Yo soy el hijo de una de las muchas hembras con las que se apareó y que murió al parirme. En sus más de treinta años de vida, mi padre ha guiado al clan con firmeza envuelta de afecto. Ha conducido a la tribu con seguridad durante miles de lunas, huyendo del frío que mataba a machos, hembras y crías; escapando del aire helado que entumece brazos y piernas y dificulta la caza tan necesaria. El diezmado grupo llegó un día a esta región boscosa cerca del mar misterioso. Por fin encontró un lugar donde la lucha por no morir parece ser menos cruel. Aquí, los inviernos de mucha luna y poco sol se soportan bien con el fuego, y los veranos de luna corta son placenteros. Mueren menos crías y la tribu ha aumentado de manera considerable.

Esta zona de vegetación exuberante y caza abundante sería un regalo especial de los poderosos espíritus que rigen la vida si no fuera por mi hermano pequeño Netha. Ante la debilidad del anciano dirigente y no sin sanguinarias luchas, se ha impuesto como conductor y chamán del clan. Se ha cambiado el nombre y quiere que le llamemos *caudillo*. Ha implantado nuevas reglas para las herramientas de caza, para el trabajo de las hembras y para el cuidado de las crías. Afirma ser el único que entiende el lenguaje misterioso de los espíritus y se ha proclamado su intérprete. Ha dictado estrictos preceptos para aplacarlos, entre los que sobresale el de llenar las paredes de las cuevas con imágenes nuestras en armonía con las fieras que cazamos y nos comemos. Este cometido me lo ha encargado a mi, con la secreta aspiración de que fracase. Él no sabe que su hermano, de niño, aprendió a hacer esto en otra tribu vecina, allá en la región del frío. Tampoco sabe que, entre todas sus tiránicas órdenes, ésta es la única que me llena de una satisfacción inmensa. Esta tarea de colorear las paredes me hace dichoso. Aunque hay algo que todavía me haría más dichoso: tener a mi lado esta noche a Prhia. Poder copular con esta hembra que desde pequeña me mira con un extraño brillo en los ojos. Han pasado los años y ha tenido varios hijos, pero el brillo no se apaga, como no se apagan la turgencia de sus pechos y las redondeces de sus caderas. Ella es la favorita de Netha que ha proclamado una norma que prohíbe que cualquier otro pueda aparearse con ella. Este es un precepto completamente desconocido entre nosotros, donde siempre se ha disfrutado de completa libertad tanto para los machos como para las hembras. A ella también le ha cambiado el nombre: la llama *su esposa*.

Avanza la oscuridad de la noche y siento el cuerpo muy cansado. Mañana continuaré con el bisonte de la pared. Salgo de la caverna y apago la antorcha. Respiro con delicia el olor a yerba. Como tantas otras noches, camino con sigilo hasta llegar a la gruta donde duermen Netha y Prhia. El déspota chamán se ha reservado una cueva solo para él y su favorita; algo que también es totalmente extraño entre nuestras costumbres. A esta cueva la llama *su propiedad*. Siento la respiración de la pareja y se agita mi pecho con desmesura. Está cerca el día en que la respiración de mi padre se apague y éste será el momento en que atraparé toda la fuerza de los espíritus que mis manos plasman en las paredes de las cuevas y con la afilada piedra de desollar las fieras aplastaré la cabeza del tirano. La tribu será libre como cuando la dirigía nuestro querido padre, en el largo peregrinaje desde la tierra del frío. Entonces, al terminar la caza del día, continuaré entregado a llenar las paredes de las cuevas con animales, manos, pies, hombres y mujeres. Lo haré con un renovado júbilo porque sentiré a mi espalda el resplandor delicioso de los ojos de Prhia.

El experimento

Presumo de muchas cualidades. Me considero un tipo hiperactivo, aunque dudo si esto es una virtud o más bien un defecto. Puestos a presumir, alardeo de no aburrirme nunca. Pero como hay que probarlo todo, aquel sábado por la tarde decidí aburrirme para saber qué es lo que siente la gente cuando se queja del aburrimiento. ¡Manos a la obra! Me tumbo en el sofá, fijo la vista en el techo y veo qué pasa. La superficie blanca empieza a parecerme gris; ya pensaré otro día en la pintura, ahora lo que toca es aburrirse. Mis ojos se fijan en una pequeña grieta que lleva mucho tiempo ahí: una tenue y sinuosa línea que atraviesa el techo, dividiéndolo en dos partes. Una señal más de la necesidad de pintura.

Pasan los minutos y mi mente ya no sabe en qué pensar. Creo que el experimento del aburrimiento empieza a dar sus frutos. A ver: parece que la hendidura se agranda. ¿Lo parece? No, no, ¡se agranda, aumenta, se ensancha! ¡Dios, se me viene el techo encima! El sobresalto da paso al miedo y este al terror. Quiero salir corriendo, pero algo me inmoviliza: es como si no sintiera mi cuerpo. Lo que era una simple resquebrajadura es ya un enorme boquete. De pronto, una luz cegadora pero agradable sale de él. Hay una escalera que conduce a una puerta dorada, por la que bajan unos seres extraños pero muy atractivos. No sabría decir si son hombres o mujeres. Me hablan, pero sin abrir la boca. Todo lo que está delante de mis ojos: la luz deslumbrante, la escalera plateada, la puerta de oro y, por encima de todo, las palabras de aquellos seres, me cautiva y me llena de una rara paz. «Bienvenido a la eternidad», me dicen.

¡Así que era verdad! –pienso yo– me he muerto y ahora estoy en la otra vida, en la que nunca creí. Desconcertado, voy subiendo la escalera hasta alcanzar la puerta. Uno de aquellos mágicos seres –supongo que serán ángeles, pienso– abre suavemente la puerta y, con una delicada sonrisa, me dice: «Adelante, no tengas miedo». Me dispongo a cruzar el umbral con una serenidad sorprendente, también con una enorme expectación.

Noto los latidos de mi corazón a todo gas, una turbación espantosa en mi mente y un ahogo insoportable en mi pecho. Estoy tendido sobre el sofá, completamente bañado en sudor. Mientras bebo un vaso de agua, pienso: ¡Vaya con el experimento!, releeré *La interpretación de los sueños* de Freud; lo que está claro es que lo mío no es el aburrimiento. Levanto la vista hacia arriba: el techo sigue pidiendo pintura, pero… ¡ni rastro de la grieta!

La herencia

Luis, Mari Carmen y Vicente esperan en un elegante despacho del Ensanche barcelonés. Hacen cábalas sobre la presunta cuantía de la herencia. Confían en que su dimensión sea inversamente proporcional a la conocida tacañería de la *vieja*. Están convencidos de que su vida mezquina en aquel modesto piso de Gracia esconde una fortuna oculta. Los tres esperan la lectura del testamento con el corazón encogido y el ánimo expectante.

El notario anuncia la lectura del testamento ológrafo mientras abre, con ceremonial meticulosidad, un sobre lacrado; extrae un papel amarillento y empieza a leer con voz solemne:

Queridos hijos:

En primer lugar, sea que lo hayáis hecho por devoción cariñosa, por obligación filial o por natural interés, os doy las gracias porque, estoy segura, habéis costeado mi sepelio. A pesar de todas nuestras diferencias, no esperaba menos de vosotros.

Antes de pasar al balance descriptivo de mi valioso patrimonio y de asignar la porción que lego a cada uno de vosotros, quiero pediros perdón por haber abandonado a vuestro padre. Si no lo hice en su momento, fue para no apearlo del alto pedestal en que él había sabido colocarse ante vuestros ojos. Esperé a que fuerais mayores y tuvierais la vida encarrilada. Ahora no es el momento de derribar aquel pedestal, pero quiero que sepáis que mi huida con Julián, mi amante de tantos años, fue un escape inevitable del aburrimiento y la mediocridad amorosa que tiranizaban mi vida. Aunque siempre me acompañó la congoja de vuestra incomprensión, fue entonces cuando de verdad empecé a vivir y no solo a existir. Además, tuve la suerte de poder disfrutar del gran patrimonio heredado de mis padres. De acuerdo con lo que se llevaba en la época, no tenía estudios ni oficio alguno, más allá de saber coser, bordar y gobernar la casa. Pero era una mujer rica. Abandoné al afamado abogado por un fontanero que subsistía como podía. Los dos nos dedicamos a calmar la sed de vida refrenada hasta entonces.

Hijos míos: lamento desilusionaros. Intuyo que, cuando os lean estas letras, mi economía estará más que devastada. Pero he guardado como oro en paño lo más valioso para mí en estos últimos años. Os lo lego a vosotros como muestra de mi amor. Estoy segura de que no despreciaréis su valor, aunque su precio sea ínfimo, por no decir nulo.

Luis: por ser el mayor, a ti te dejo el viejo reloj de pared de tu bisabuela. Atrasa diez minutos al día y está algo viejo y ajado. El tintineo metálico que anuncia las horas y el perenne 'tic-tac' me ayudan a saber que todavía estoy viva porque el tiempo sigue galopando implacable.

Mari Carmen: espero que tu temperamento sanguíneo no te haga maldecirme demasiado cuando recibas el viejo ventilador que me regalaste en una de tus escasas visitas a mi sencillo piso. Fue después de la muerte de Julián, claro. Recuerdo que fue un primer domingo de mayo, 'día de la madre'. Aunque no te lo creas, el áspero sonido de sus palas mitiga mi soledad. Me recuerda que junto a mí hay algo más: mis recuerdos. Los buenos y los malos.

Y a ti, Vicente, mi pequeño, tengo que dejarte algo que puede que sea intangible. O quizás no lo sea tanto. ¡Tantas veces he clavado mi mirada en el paso de peatones que está enfrente de mi casa! Los cortos días de invierno y los interminables de verano, esperaba hasta el anochecer verte cruzar las desgastadas rayas blancas. ¿Por qué has espaciado tanto las visitas, hijito? Estas rayas que cruzan cada día cientos de coches y de personas han sido otro de mis acompañantes junto al vetusto reloj y el ruidoso ventilador. Espero que tu carácter sensible aprecie este extraño objeto que te lega tu madre.

Los tres hermanos salen del edificio modernista del Paseo de Gracia. Imposible describir sus rostros. Con cansancio indignado, dice el mayor:

—Ya hablaremos.

—¿Pero hay algo de qué hablar? —responde Mari Carmen

Vicente, pensativo, no dice nada.

ç

Últimos estertores

Una débil bombilla pende del techo. Una persona yace en silencio en uno de los camastros metálicos atornillados al suelo, que son el único mobiliario. Está esposada y con la cabeza envuelta en una capucha. Un tintineo de llaves resuena en las húmedas paredes de piedra. La puerta se abre emitiendo un fuerte chasquido. Una mujer que gime y llora es empujada con violencia contra el suelo.

—¿Quién está ahí? —grita una voz femenina desde los camastros, solo para recibir lágrimas como respuesta.

—¿Y tú quién eres? —responde la recien llegada, pasados unos minutos —. Perdona, estoy mas que aturdida por la paliza que me han dado estas bestias.

—Me llamo Sandra —dice la chica del camastro—. Estudio Derecho... parece que estamos aquí por lo mismo. Tuve la mala suerte de estar al lado de la puerta y la policía me detuvo en cuanto irrumpió en la asamblea.

—Yo soy María y estudio primero de Medicina. Me detuvieron junto a mi novio y otros seis camaradas en una cafetería. Corre el rumor de que hay un topo infiltrado; la gente cae como moscas.

—Son los últimos estertores del opresor Régimen. El dictador se está muriendo pero la represión es más fuerte que nunca... ¡ahhhh, qué dolor! —grita Sandra tratando de llevarse las manos a la nuca. Las esposas se lo impiden.

María se acerca a Sandra. Vacila como si no supiese muy bien qué hacer. Trabajosamente y con delicadeza le quita la capucha.

–¡Has tenido más suerte que yo! Te han esposado, pero no te han atado ni encapuchado.

–¿Suerte, dices? Mira mi cara abotargada, mis brazos llenos de hematomas. Mira mis pantalones desgarrados y con la cremallera bajada. No sé si han llegado a violarme pero el solo hecho de que mi cuerpo ha sido expuesto a aquellos cafres... –aparecen lágrimas en sus ojos hinchados–. ¡No, no voy a llorar más! No quiero darles esa satisfacción... ¡Malditos hijos de puta!... este asqueroso olor a orina...

María se aproxima a un rincón de la celda y vomita, sujetándose el abdomen con fuerza. Temblando y llorando, se acerca a una de las literas y se tiende. Sandra continúa quejándose del intenso dolor en la nuca. Gritos distantes se escuchan al otro lado de la puerta.

–Sandra, ¿crees que lo que hacemos servirá de algo? ¿Vale la pena que dos chicas jóvenes como nosotras sufran estas torturas? Sí, ya sé, la causa, la libertad, la justicia... el partido; pero no sé... mis padres sufren mucho... pienso en Jaime, mi novio, que estará en otra de estas celdas; quién sabe cómo estará de golpeado –se queda unos segundos en silencio, pensativa–. ¿Tendrán razón mis amigas que no quieren saber nada de política y solo se dedican a *vivir la vida*?

–Son los riesgos de la lucha, María. La libertad no vendrá sin sacrificios. Yo no soy muy militante, pero las asambleas, las protestas, no me las pierdo. Esta mierda tiene que cambiar, no puede durar eternamente.

María se acerca de nuevo al rincón y vomita, apoyada en la pared con ambas manos. La tenue luz de la bombilla empieza a parpadear intermitentemente. Una rata se desliza por el recodo lleno de vómito ante la mirada indiferente de la joven. El silencio es absoluto.

Tras unos minutos, resuenan pasos y voces al otro lado. La puerta se abre con su chasquido estridente y aparecen dos policías uniformados. Detrás, un hombre alto, vestido de traje y corbata, ordena quitarles las esposas a las chicas.

—Sí, María, soy yo. No me llamo Jaime. Soy inspector de policía de la Brigada Político-Social. Recibí la orden de infiltrarme en vuestro grupo. Por un lado, lamento el daño que te haya causado, pero el fin justifica los medios y el fin es sagrado: vencer la subversión y el terrorismo. Y no me arrepiento de nada. Como mujer, eres admirable, pero estás en el lado equivocado. Y ahora —el hombre trajeado eleva la voz y el mentón—, ¡Largaos de aquí las dos, inmediatamente!

María lo mira con cara de espanto. Sandra, liberada de las esposas, la ayuda a no caer al suelo y le susurra algo al oído; solo son audibles algunas pocas palabras: *lado correcto*, *vale la pena*, *libertad*. Las dos chicas cruzan el umbral abrazadas. Detrás de la puerta metálica, un calendario muestra a una exuberante rubia en biquini. Es noviembre de 1975.

¿Cuenta qué?

–¿Cuenta qué?–pregunta el médico.

–Cuen-ta-ni-chos–responde el paciente, alzando un poco la voz y marcando las sílabas.

El anciano doctor procura actuar con normalidad y no inmutarse. Más de cincuenta años de profesión y no puede evitar la tentación de soltar una gran carcajada al recibir las más disparatadas respuestas. En el sillón gastado enfrente de su mesa se han sentado Napoleón, Cleopatra y, hasta, el mismo Dios y Lucifer han desnudado sus angustias más íntimas. En cuanto a las profesiones, ha conocido desde *cazasanguijuelas* hasta *cataolores*, pasando por *diseñagestos* y *limpiaculos*. Hoy, visita su elegante despacho-consulta un personaje que dice ser *cuentanichos*. Es alguien con toda la apariencia de *normalidad*. Viste impecablemente exhibiendo un aspecto de ciudadano pulcro y distinguido.

–Y, dígame, señor; ¿Qué hace exactamente un *cuentanichos*?

–Pues, ¿que va a hacer, doctor?, la misma palabra lo aclara: un *cuentanichos* ¡cuenta nichos!

–Claro, claro, discúlpeme la pregunta–dice el médico mesándose la canosa barba y tratando de disimular su imparable sonrisa.–Y ¿dónde cuenta los nichos?–continua interrogando al extraño paciente.

–¿Dónde los va a contar, doctor? ¡En los cementerios, por supuesto!–responde con extrañeza.

—¡Oh, sí, claro, claro!... es que, como usted sabrá, la palabra nicho tiene varias acepciones, pero dejemos su profesión. ¿En qué le puedo ayudar?

El médico escucha con atención y paciencia como el contador de nichos se explaya describiendo su desolada vida. Huérfano de padre desde los ocho años, acompañaba a su madre en sus visitas diarias al cementerio. Para no aburrirse, se inventó una especie de juego que consistía en contar los nichos. Al principio eran todos, luego hizo dos listas: los ocupados y los vacíos. Con el paso del tiempo, el juego pasó a ser afición, mas tarde, pasión y finalmente vocación. Es un trabajo duro. Desanima mucho ver como los huecos vacíos se van llenando y en los llenos las flores del recuerdo se marchitan hasta su desaparición.

—Y ¿dígame, cual es la remuneración o salario que recibe por su interesante trabajo—pregunta el médico.

—De esto se ocupaba mi madre, doctor. Desde que ella murió, lo hago de manera desinteresada.

El pintoresco *cuentanichos* explica que, ahora, vive de los ahorros de toda la vida de su madre pero que está cerca el día en que desparecerán. A su edad no puede buscar otro trabajo. Además, no quiere dejar solos a sus queridos difuntos de tantos años. También quiere estar cerca de su madre adorada. El cementerio es su casa, es su vida; la muerte, que aparece por todos los rincones, su mejor amiga.

—¿No me diga que ve y habla con la muerte?—inquiere curioso el médico.

–Por supuesto que la veo y hablo con ella cada día. Es la soberana del camposanto, yo trabajo a sus órdenes. Más que temerla, yo la odiaba cuando se llevó a mi padre, al que tanto necesitaba. Bajo su guía he aprendido a aceptar la condición cíclica de la vida y su fragilidad. Son unos amigos de mi madre los que me han impulsado a su consulta. No he querido ser descortés con ellos, pero, en realidad, yo no creo tener ningún problema psicológico. Usted, doctor, ¿qué cree?

El viejo neuropsiquiatra intenta hacer, mentalmente, un diagnóstico del trastorno de la persona que tiene delante. Es evidente que en su mente se aloja una realidad que no es la común, pero tampoco le parece alguien peligroso ni siquiera para si mismo. Como tantas otras veces, el afamado profesor siente una enorme compasión hacia el hombre que tiene que tratar profesionalmente. Le propone empezar a psicoanalizarlo en la próxima sesión y se despide de él. Para ventilar la estancia, saturada de humo de tabaco, el profesor Sigmund Freud abre la ventana y mira al pobre hombre que acaba de salir del 19 de Berggasse en la ciudad de Viena. También piensa en los ciclos de la vida y en su fragilidad.

–¿Hago pasar a la siguiente visita, profesor?

–Sí, Erika, que pase–responde el médico con la mirada perdida en la calle–... ¡*cuentanichos!*–dice para sí.

–¿Cómo dice, profesor?

–Nada, nada, Erika, no me haga caso.

El templo Rabga

Sentada en su trono móvil, transportado por esclavos, la noble Ningursa pasea por la colina del noroeste de la ciudad de Etemenanki, como suele hacer cada día en los cálidos atardeceres mesopotámicos. En el centro de la ciudad se encuentra el inacabado templo en forma de zigurat, llamado *de Babel*, dedicado al cruel dios Marduk. Pero, como en cada paseo, sus ojos se clavan admirados en el horizonte, donde se alza el templo de Ishtar, diosa del amor, de la vida y de la fertilidad. Esta obra es del afamado arquitecto *Levuon-Naej* (1), llegado de un país lejano con fama de innovador. Es una construcción imponente con un aspecto totalmente revolucionario para los cánones arquitectónicos de esta época. Tiene una forma alargada y redondeada, con doscientos setenta codos de alto, como un dedo que apunta al cielo, al sol, al desconocido universo. Está cubierto con centenares de miles de azulejos, que son fuente de un mágico juego de luces azules y rojas al chocar con los rayos del sol o de la luna llena en las noches claras.

—¿No te parece hermoso? —pregunta Ningursa a Askar, su esclavo favorito.

—Sí, ama, realmente es hermoso, es potente, es misterioso.

El *templo-dedo* es el preferido por el pueblo llano, pero levanta muchas suspicacias entre la aristocracia dominante y un colosal odio entre la poderosa casta sacerdotal de Marduk, enfrentada a la que venera a la diosa de la vida y la alegría. Ningursa, esposa del rey

Nimrod, es una excepción entre la élite que detenta el poder.

—Askar, ¿tú qué dirías que parece?

—Algunos dicen que parece un géiser volcánico, otros un dedo apuntando al cielo, otros..., otros...

—¿Otros qué, Askar? ¡Dímelo!, no tengas vergüenza.

—Ama Ningursa, otros dicen que es un falo, ¡un gigantesco falo erecto!

—¡Ja, ja! Lo sabía; como sé lo que piensas tú. No olvides que Ishtar es la diosa de la fertilidad... Esta noche te espero en mis habitaciones. El rey sigue lejos, al frente de la guerra contra los amorritas. ¡Es una orden! ¡No faltes!... y ya sabes que allí no tienes que llamarme ama.

—No, ama, no faltaré, ni te llamaré ama; allí te llamaré Ishtar, ¡mi diosa Ishtar!

—¡Calla, Askar! Sé prudente; mira que si te oyen los sacerdotes de Marduk...

Hasta aquí el relato, en escritura cuneiforme, grabado en un bloque de piedra de diorita que, curiosamente, tiene una forma parecida al templo-dedo de Etemenanki. Ni la historia ni la leyenda nos aclaran por qué perduró el estudio arqueológico del zigurat *de Babel* en detrimento de la admirada construcción dedicada a la vital y amable diosa Ishtar. La obvia sospecha contra los poderosos y los sacerdotes de Marduk no se puede evitar.

Será una leyenda y será anecdótico, pero se dice que tres mil quinientos años más tarde y a cuatro mil kilómetros de distancia, un arquitecto francés construyó un singular edificio inspirándose en el que la sencilla gente de Babilonia llamaba el templo *Rabga* (2), nombre del legendario rey que lo mandó construir.

*   *   *   *   *

Notas:

(1)   Levuon-Naej (Jean Nouvel al revés. Es el aquitecto de la torre Glorias de Barcelona; edificio en forma de gigantesco dedo (u otra comparación), mas conocido como «Torre Agbar)

(2)   (Rabga (Agbar, al revés)

El refugio

De repente, aparecen nubes grises que vencen al sol generoso de mayo. Hace diez minutos había sol y calor; ahora, viento fresco y grandes gotas de agua. Mentalmente pronuncio, irritado, la manida frase: *El tiempo está loco*. Busco refugio en un noble edificio de la calle Valencia. Hay mucha gente que entra y sale de él. Me pregunto qué habrá en esa casa. Sea lo que sea, me sirve de protección para no llegar empapado a mi cita. Mientras espero que tenga a bien moderarse el inoportuno aguacero, cruzo un amplio pasillo que lleva hasta un espacioso patio rectangular. Quien controla el grifo del cielo ha tenido compasión de los pobres humanos como yo. Continúa lloviendo, pero con minúsculas gotas. Ya que el inesperado chaparrón me ha traído hasta aquí, echaré un vistazo. El espacio trasero de mi edificio cobijador no tiene demasiado de especial. Es un patio como hay muchos en esta zona del ensanche de Barcelona. Más que su arquitectura, llama mi atención un hombre que se vislumbra en una de las ventanas. Parece estar pintando un cuadro. Varias personas se dedican a fotografiar el lugar. No son turistas, lo cual excita todavía más mi curiosidad. Con disimulo, escucho sus conversaciones. Parece ser que tienen que escribir una composición, un relato o una descripción de este sitio. Puesto que la bóveda celeste ha dejado de llorar, encamino mis pasos hacia el corredor por donde he entrado. ¡Llegaré tarde a mi cita!

Unos días más tarde, paso nuevamente por delante del número 302 de la calle Valencia. No resisto la tentación de entrar de nuevo. Quiero saber más de este vetusto inmueble del que no para de entrar y salir tanta gente. Antes, me fumaré un cigarrillo en el patio trasero. Hoy está casi vacío de gente. Ni rastro del pintor del primer piso ni de los fotógrafos-escritores. ¡Vaya, el paquete de tabaco está vacío! Al arrojarlo con enojo a la papelera, observo un folio manuscrito algo arrugado. No puedo hacer otra cosa que leerlo:

¡Han pasado tantos años! Estoy seguro de que era por esta zona, pero no sé si fue en esta casa. Sería por mil novecientos cuarenta y... tantos. Yo tendría seis o siete años. Todavía la memoria de los bombardeos de la guerra me oprimía el pecho de miedo. A mi padre apenas lo conocía. Me decían que estaba trabajando en Francia. Más tarde supe que pasó directamente del exilio a la cárcel. Mi tía servía de criada para una conocida familia de la burguesía barcelonesa. Mi madre cosía para la misma familia. Algunos días nos llevaba, a mi hermana y a mí, a la casa donde trabajaba. Llegábamos hasta allí —¿hasta aquí?— en el tranvía 60, de dos pisos. Disfrutábamos más con este viaje que con los caballitos de feria. Aunque mi madre trabajaba en una especie de sótano lúgubre, las visitas a esa casa eran una auténtica fiesta para nosotros. Teníamos una buena merienda asegurada y ¡qué merienda! Ensaimadas, galletas, chocolate deshecho. Un auténtico banquete de difícil disfrute en casa. Aunque está algo cambiado, juraría que este era el patio donde jugaba con mi hermana después del festín de la merendola. Recuerdo cómo nos observaban los niños de la casa desde el balcón del segundo piso y cómo en sus ojos había una cierta envidia. ¡Qué sarcasmo! ¿Y las carrerillas por la escalera noble? Arriba y abajo. Abajo y

*arriba. Claro que los brincos en esa escalera estaban re-
servados para los pocos días en que los señores no estaban en casa. Igual que sucede con el patio, cuanto más
contemplo esta escalinata, más me reafirmo en que este
palacete era el lugar donde encontrábamos cobijo de la
penuria que teníamos en casa. Aunque solo fuese por
unas horas. Y...* – hay un par de líneas tachadas con fuertes trazos – *pero, bueno, ¿a quién le puede importar los
recuerdos, la nostalgia y las batallitas de este viejo que
ya tiene un pie en el otro mundo? Si ni siquiera estoy seguro de que fuera aquí, en este patio, en esta escalera,
en esta casa.*

No hay ni una palabra más. Está claro que el anciano no terminó su relato. Que, desanimado, lo desechó
y lo tiró a la papelera. Es una lástima. Hoy he averiguado
que la casa que un día me refugió de un inoportuno chu-
basco es un centro cultural donde imparten cursos de escritura creativa y otros. Pero quiero saber más. Quiero saber quién era la familia de alcurnia que la habitaba. Y
quiero saber quién es el hombre que un día fue niño y
que, aquí, también encontraba un poco de refugio de la
perversa dureza de la vida de posguerra. ¿Y si se tratara
de una de aquellas personas que estaban fotografiando el
patio la semana pasada? Intentaré averiguarlo, pero hoy
ya se me está haciendo tarde otra vez. ¡Llego tarde a mi
cita!

Coche negro y vestido blanco

Pablo es un jubilado que vive en la zona más deshabitada del pueblo. Hace dos meses la sombra de la viudedad ha oscurecido su vida. La imagen de su mujer en el ataúd, amortajada con un vestido blanco, según fue su deseo, se reproduce insistentemente en su mente. Pablo es consciente de que tiene que atravesar el obligado camino del duelo, un proceso penoso para recuperar la normalidad cotidiana.

Esta noche de diciembre se presenta fría y ventosa. Antes de prepararse la cena, Pablo se dispone a cerrar todas las persianas como es su costumbre. Un elegante Audi negro estacionado al otro lado de la calle, bajo la débil luz del alumbrado, llama su atención. *¿Quien será, si aquí solo hay gente los fines de semana?* se pregunta. El fuerte sonido del claxon que resuena en el paisaje solitario le sobresalta. Aparece una mujer de melena negra envuelta en un inmaculado vestido blanco, y se introduce en el vehículo. Un escalofrío recorre su cuerpo. *¡Es imposible, no puede ser!* La mujer es la imagen viva de la esposa que se fue. *¡Es ella, es Elena!* sigue gritando Pablo en silencio, mientras siente que su corazón se detiene. Sus manos se aferran al marco de la ventana buscando anclarse a la realidad. El coche arranca a toda velocidad y desaparece entre la negrura nocturna.

Pablo es un hombre totalmente escéptico, un incrédulo del mundo sobrenatural: *Existe lo que se puede tocar, ver y sentir* dice. Su convicción es que cuando nos morimos nuestros cuerpos se descomponen y ya está. Desaparecemos y solo sobrevivimos en la memoria de quienes nos aman. *Claro, ¡es esto: la memoria, los re-cuerdos!* se dice a sí mismo buscando una explicación razonable a la extraña visión. La partida de su querida esposa está muy reciente y los recuerdos le han jugado una mala pasada plasmando su imagen de forma tan vívida.

Tres días mas tarde, Pablo se encuentra leyendo tranquilamente cuando atrona el chirrido de un claxon. Con pies y manos temblorosas, se acerca a la ventana y contempla estupefacto la misma escena de hace tres noches: el Audi negro y la mujer del vestido blanco introduciéndose en el coche, que se aleja aceleradamente. Es ella, no hay duda. Pablo no cena esta noche ni comerá mañana; no duerme en toda la noche, ni dormirá mañana. El pánico lo domina, lo paraliza.

En los siguientes días, con la angustia sometiendo su pecho, espera detrás de la ventana la aparición espectral. Cuando se produce por tercera vez empieza para Pablo un calvario indescriptible. No sabe a quién acudir, no sabe a quién contar lo inexplicable. Ante sus ojos, el vehículo negro y Elena vestida de blanco a todas horas. Deambula por su casa con una pistola que coloca por las noches bajo la almohada. Es prisionero del miedo, pero ¿miedo a quién? ¿A un fantasma? Las paredes crujen como vencidas por un seísmo. El estridente retumbar del claxon y el ruido del motor martillean de día y de noche su cabeza. Transita de la depresión a la angustia. Está llegando al precipicio de la locura. *¿Y si acudo al cura o a un parasicólogo? ¿Pero a donde he llegado? Mejor veré a un psiquiatra. Elena, por favor te lo ruego, ¡no me tortures más! Sé que no fui el marido perfecto, pero tampoco creo que merezca este infierno.*

Pocos días mas tarde, encuentran a Pablo tendido en el suelo de su casa con la pistola en la mano. Todas las luces de la casa están encendidas. Las ventanas herméticamente cerradas. Entre las fotos familiares del mueble del salón, la mirada sonriente de Elena lo observa todo.

Ha pasado un año. Pablo ha sido dado de alta en el psiquiátrico hace unos días. Los médicos dicen que está totalmente curado, que puede hacer vida normal. Ha retomado su rutina en la casa solitaria. Le ha llamado Leonor, una antigua amiga del matrimonio a la que no ha visto desde el entierro de su mujer. Aprovechando que está por la zona quiere visitarle. Él la invita a cenar a su casa. Son las seis de la tarde de un destemplado día de diciembre. El timbre suena con insistencia. Pablo abre la puerta. Es Leonor, que entra a la casa jadeando con la cara enrojecida y una expresión desencajada. «¿Qué ocurre, qué te pasa?» le pregunta Pablo. «No me vas a creer, pero acabo de ver a Elena montarse en un coche negro. ¡Te juro que era ella! Iba vestida con el mismo vestido blanco con el que fue enterrada».

Un hombre corriente

(Basado en hechos y personajes reales)

La celda 26 está situada en la zona destinada a los oponentes políticos y religiosos. Los prisioneros judíos están aparte, en unos barracones más cercanos a las chimeneas de constante humareda. La primavera es lluviosa y muy fría en Baviera. El preso George Elser intenta combatir la temperatura gélida con la tibia, aunque repugnante, sopa de la cena. El campo de concentración se encuentra relativamente cerca de Königsbronn, la aldea donde creció junto a sus padres, en una modesta casona de agricultores.

George Elser fue un niño normal, un adolescente corriente. Asistía al colegio, jugaba con los amigos, se bañaba en el río, perseguía a las chicas. Sin embargo, desde muy pequeño, demostró tener una sensibilidad inquieta que lo estimulaba a buscar respuestas a los interrogantes que atormentaban su alma. En las noches silenciosas, reflexionaba sobre el devenir de su país, envuelto en un futuro incierto. La Primera Guerra Mundial sembró en él un profundo rechazo a la violencia, mientras el ascenso del nazismo lo llenaba de pavor. Después de los estudios primarios en la escuela de Königsbronn, George trabajó en varios oficios: tornero, carpintero, relojero. Conoció a Matilde, con quien tuvo un hijo. Su relación fue turbulenta y no llegaron a casarse. Conoció a otras chicas, amoríos fugaces. Con Else Härlen, una mujer divorciada, parecía que había llegado a la estabilidad emocional pero la semilla de la inconformidad iba germinando en su interior al presenciar el ascenso veloz de la tiranía. La indignación le carcomía las entrañas al ver la apatía de sus compatriotas. En las iglesias, muchos pastores luteranos lucían la esvástica en la solapa y los sacerdotes católicos callaban. Su fe se derrumbaba. George se negaba a permanecer impasible ante la injusticia y la opresión que se imponían sobre Alemania y toda Europa. Decidió tomar acción, convencido de que un solo hombre podía marcar la diferencia en el devenir de la historia.

La idea para unos parecería estúpida, para otros, loca, para unos pocos, valiente. Aquel hombre corriente que rozaba la mediocridad descabezaría el infame régimen nazi y lo haría solo, sin ninguna ayuda, sin decírselo a nadie, ni siquiera a Else, de la que se fue apartando para no comprometerla. A principios de abril de 1939 dejó su trabajo y se trasladó a Munich. Aprovechando sus conocimientos de relojería empezó a construir una bomba con temporizador. Visitó continuamente la cervecería Bürgerbräukeller. Treinta noches se quedó escondido en ella. arriesgando su vida. Con minuciosa precisión, excavó un escondite en una columna de madera muy cerca de donde Hitler iba a pronunciar un discurso ante toda la jerarquía nacionalsocialista. Allí colocó el artefacto. La explosión fue el 8 de noviembre a la hora programada: las 21:20, pero el dictador y sus secuaces ya no estaban en la sala. El mal tiempo y la marcha de la guerra les había hecho acortar el acto. Aquella noche, la misteriosa providencia o el caprichoso destino se vistieron con el uniforme nazi.

George Elser fue detenido, de forma casual, cuando intentaba cruzar la frontera con Suiza. Se le relacionó con el atentado. Fue torturado con la brutalidad propia de la

Gestapo y acabó confesando, convencido de que su vida llegaba a su fin. Pero la cúpula nazi no podía admitir que un carpintero sin apenas formación hubiera puesto en peligro la vida del Führer sin contar con cómplices y querían averiguar lo que, suponían, era un complot. Esto fue lo que le salvó la vida, de momento, condenándolo a un peregrinaje por varios campos de concentración.

Termina otro día. Un día más en este extraño encarcelamiento. George se pregunta, una vez más, por qué lo dejan seguir con vida. No encuentra respuesta. Sabe que la guerra está a punto de terminar y, en algunos momentos, la esperanza de sobrevivir renace en él. Intenta dormir. Abruptamente, se abre la puerta y aparece el oficial de las SS Theodor Bongartz, quien tiene órdenes de las alturas. A gritos insoportables, como es su costumbre, le ordena que se vista rápido. Será un interrogatorio más, piensa George. El prisionero avanza por los intrincados pasillos. Le sigue, a dos metros, el oficial, que le ordena abrir una puerta que da al exterior. El viento helado de la noche araña el rostro de George Elser al mismo tiempo que recibe un disparo en la nuca. Su muerte silenciosa se convertirá en un grito de libertad que convoca a la resistencia contra la tiranía. Es el 9 de abril de 1945, veinte días antes de que las tropas aliadas liberen el campo de concentración de Dachau.

El termo

En el corredor de la muerte de la Penitenciaría Estatal, la última vigilia antes de las ejecuciones recae invariablemente en el veterano guardia Charles Harris. Mañana ejecutan a Ronald Turner, asesino de una dependienta de veinte años en el transcurso de un atraco. Ataviado con su impecable uniforme, Charles, con un termo en la mano, avanza con firmeza y abre la puerta de la celda justo cuando el capellán la abandona.

—Hola, Ronald.

—Hola —responde el recluso, sentado en un rincón y sin apenas levantar la vista.

En la bandeja de la cena hay una hamburguesa, un plato con patatas fritas, un helado medio derretido y una Coca-Cola también medio vacía.

—Veo que has comido un poco – dice el guardia señalando la bandeja.

—No he comido nada, Charles. La hamburguesa que falta se la comió el reverendo mientras soltaba su sermón sobre el arrepentimiento, el cielo, y no sé cuántas fantasías más; eso sí, muy educadamente me ha preguntado si podía comérsela cuando le he dicho que no tenía ni gota de apetito. ¿Qué hay de lo que te pedí? —pregunta el reo en un tono inquieto.

—Lo siento, he hablado con mis superiores y me han dicho que las normas son rigurosas: ni whisky, ni coñac, ¡nada de alcohol! Cuando llegue... la hora...

—¡Las normas, las normas, las normas! —estalla Ronald —Es verdad, yo nunca las he cumplido, pero ¿es que ha cumplido la vida conmigo? La vida ha sido una broma cruel para mí. Nací en una familia que era un vivero de malos tratos. ¡Estas eran las únicas normas! Siento mucho haber matado a aquella chica, pero tengo la sensación de que desde pequeño estaba predeterminado a hacer algo así. Hubiese sido un milagro llegar a ser alguien como tu, dispuesto a cumplir siempre las *normas*.

El guardia no pierde su compostura de serenidad y se mantiene en silencio durante unos minutos antes de decir:

—Todos enfrentamos desafíos en la vida, pero es podemos elegir cómo los enfrentamos.

—¿Podemos elegir? ¿Crees que alguna vez tuve opciones de elegir? —replica Ronald con un rastro de amargura rabiosa — Me crié en un barrio donde las únicas oportunidades eran el alcohol, la droga, la delincuencia. ¿Qué otra cosa podía elegir?

—La chica que asesinaste tampoco tuvo ninguna opción de elegir. Recién empezaba a vivir cuando tú le cortaste toda posibilidad de elección.

El condenado no contesta. Pasan las horas en silencio tan solo roto por los pasos de Ronald que pasea nervioso por la celda ante la hierática mirada del guardia. Charles Harris es un profesional, elegido por su veteranía y experiencia. Ha tenido la confianza de varios alcaides del penal para la delicada misión de vigilar a los reos en sus últimas horas de vida. Timbra el teléfono. Charles atiende la llamada. Aprieta los dientes con fuerza y susurra un lacónico *Ok*.

—Ha llegado el momento, amigo. Mis compañeros vienen a buscarte. Mi cometido está a punto de finalizar. Solo puedo aconsejarte que seas valiente. Procura que tu partida sea lo más digna posible.

—¿De que dignidad me hablas? Eso es un lujo del que nunca he disfrutado —espeta el desdichado preso dejando escapar una sonrisa amarga.

—¿Tienes la boca seca, verdad?. Toma, bebe un poco de café. —Invita al hombre destinado a morir abriendo un termo —. ¡Bebe, hombre!. Hazme caso y bebe un buen trago. Te ayudará en este crítico momento.

Ronald, con la garganta abrasada por la sed, acerca sus labios al termo ofrecido. Sus ojos se expanden sorprendidos con el primer sorbo. Mira a Charles y sonríe. Bebe un segundo gran trago y suspira con deleite. Mira de nuevo a Charles y, con un nudo en la garganta, le dice:

—Hace un momento me has llamado *amigo.* He pensado que era una simple manera de hablar. Ahora me doy cuenta de que era mucho más. Veo que tú también estás atrapado en tu propio infierno, aunque el tuyo sea más sutil que el mío. ¿Puedo pedirte un último favor?

El carcelero asiente con la cabeza. Parece costarle pronunciar un *si.*

—¡Tengo mucho miedo, Charles! Sabes que no tengo a nadie que me acompañe en estos últimos momentos. Amigos no tengo. Mi familia no quiere saber nada de mí. Puesto que me has llamado *amigo* y me has ofrecido tu *café* para calmar mi sed, te pido que estés conmigo hasta el final. En el último segundo, antes de que me abrase en la maldita silla, quiero verte allí y mirarte a los ojos.

—Cuenta con ello, Ronald, ¡amigo!

Ronald Turner, el asesino convicto y confeso, es conducido hasta la sala de ejecución. Al cabo de pocos minutos, la electricidad recorre su cuerpo mientras sus ojos gritan con desgarro. Todo ha terminado. Charles Harris abandona la sala de ejecuciones con la mirada fija en el suelo. Mañana hablará con el alcaide y le pedirá la jubilación anticipada.

La besàvia

A mitjans del segle XIX neix a Madrid la nena María Victoria Iglesias Blanco. Ve al món en el si d'una família de l'ascendent burgesia que, a poc a poc, va substituint a la noblesa aristocràtica com a elit dirigent. *La capital del reino* viu en contínua ebullició amb la penetració de les idees liberals, que semblen augurar una nova època de llibertat i progrés. La família Iglesias-Blanco és un clar exponent de la classe social que aprofita aquesta febre transformadora per a enriquir-se. En la dècada dels setanta, és una de les primeres famílies a adquirir un luxós immoble del nou *barrio de Salamanca*.

María Victoria es converteix en una bella jove que rep l'educació pròpia d'una senyoreta de la seva classe i no li falten pretendents entre els joves de les *millors* famílies. La mare és l'encarregada de l'educació dels fills - especialment de les filles - i a aquesta tasca, juntament amb el govern de la casa, es lliura amb dedicació sostinguda per la seva forta religiositat. El patriarca de la família és l'encarregat de dirigir els seus negocis des de l'oficina instal·lada en el mateix edifici d'habitatges. És un home decidit que mostra un bon tarannà respecte al seu personal, amb una bona dosi de paternalisme, d'acord amb els estàndards progressistes de l'època.

Entre els empleats de la família Iglesias-Blanco destaca el jove Juan. Fill d'un obrer, és protegit pel senyor Iglesias, que paga els seus estudis primaris i li dona feina, amb catorze anys, com *escribiente* en el seu despatx. En pocs anys, l'espavilat noi es converteix en la persona de confiança del cap qui, també, li obre les portes de casa seva i paga les despeses del seu casament amb una noia de la mateixa classe. María Victoria va rebutjant a tots els que la pretenen davant el neguit dels seus pares, especialment de la seva mare. Passa ja dels vint anys i *toca* formar una família i tenir molts petits hereus. Diu interessar-se pels negocis del pare que estan reservats per als seus germans i amb aquest pretext roba moltes hores a la costura per a passar-les en el despatx patern.

És un misteri com ningú de l'extensa parentela s'adona de la realitat que tenen davant els seus ulls i a pocs metres d'on viuen: entre María Victoria i Juan *el escribiente* ha nascut i crescut un fort enamorament. No són conscients que la passió vehement que gaudeixen s'encamina cap a la tragèdia. El moment colpidor en què la noia confessa que està embarassada és un terratrèmol per a la mare, per al pare i per a tota la família. No hi ha dades de com tracten de solucionar una catàstrofe de tan difícil solució. L'única realitat coneguda és que María Victoria es veu al carrer amb el seu embaràs i Juan sense treball. La parella està decidida a lluitar contra el futur incert, encara que només compten amb l'única empara de l'amor.

No se sap que és el que mou a la compassió a un dels germans. Casat amb la rica hereva d'una família de la burgesia catalana del tèxtil, acull a la seva desemparada germana a Barcelona, lloga un pis ampli per a ella al carrer Fontanella, en el cor de la ciutat. Allí es traslllada Juan *el escribiente* molt aviat. Allí neix el fill de tots dos. Allí han de suportar la incomprensió de la classe acomodada de l'Eixample barcelonès, que no pot veure amb bons ulls a dues persones que s'estimen, però que no estan casades y tenen un fill. Resisteixen tots els desafiaments i viuen com un matrimoni *normal* fins a la fi de la seva vida.

Juanito, el fill de María Victoria i Juan, és l'avi matern del narrador d'aquesta història. Funcionari de Correus, gràcies als estudis pagats pel seu oncle – i també a les seves influències – viu en el pis del carrer Fontanella fins al 1918. L'oncle protector ha mort i ha de traslladar-se a un habitatge mes senzill al barri de la Sagrada Família. Allí va viure fins a la seva mort el 1948 amb la meva àvia María i la seva filla Pepita *Iglesias*, la meva mare, nascuda el 1914.

En ser fill de mare soltera, el Juanito porta els dos mateixos cognoms de la mare: *Iglesias Blanco*. Per això el segon cognom de qui escriu aquesta breu biografia és *Iglesias*, el primer de la seva besàvia. El porta amb orgull com a homenatge a una dona valenta que, per amor, es va enfrontar als convencionalismes hipòcrites del temps que li va tocar viure.

Agradecimientos

A Clemen, la primera lectora de mis textos, por su apoyo y por su paciencia cuando me encierro a escribir en el 'despacho'.

Al mis amigos y amigas del *Col·lectiu Trencadís*, también jóvenes apasionados del arte de escribir y de quienes tanto aprendo.

A las dos profesoras de los dos mejores talleres de escritura creativa en los que he participado:

Mónica Solanas, gran amiga, por saber estimular la imaginación hasta conseguir que broten historias increíbles.

A Susana Camps por su vigor didáctico que anima al atrevimiento con los distintos géneros literarios y voces narrativas.

A los innumerables grandes autores de la literatura universal que he tenido la suerte de leer. Maestros y compañeros.

A los personajes de mis cuentos. También son aprendices del papel que les ha tocado representar. ¡Son tan humanos! Imposible no empatizar con ellos.

A quien tiene este libro abierto y está leyendo algún relato, y a todos los que lo han hecho o lo harán.